Les Voisines d'Abou Moussa

CONCEPTION GRAPHIQUE : CHRIS IMPENS & LES 3TSTUDIO
EN COUVERTURE :
CALLIGRAPHIE DU TITRE EN ARABE.

Ahmed Toufiq

Les Voisines d'Abou Moussa

Traduit de l'arabe (Maroc) par Philippe Vigreux

MICHEL DE MAULE

1

Lorsque, monté sur un pur-sang noir, le messager arriva à Salé, les étendards de la prière du vendredi claquaient à la pointe des minarets.

Après s'être assurées de son identité, les sentinelles de la Porte de la Mer le laissèrent entrer et une jeune recrue de la garde courut devant lui pour le conduire à la demeure d'Ibn al-Hafid, le juge suprême de la ville.

Assis sur un banc dans l'ombre du premier porche de la villa, il patienta en compagnie de deux serviteurs qui, s'étant vaguement renseignés sur sa mission, lui présentèrent l'eau fraîche et une petite collation, puis s'entretinrent avec lui des potins de Salé, des échos venus de Fès, la capitale du sultan, et du pays Tamesna d'où lui-même arrivait.

La prière achevée, le juge Ibn al-Hafid rejoignit sa maison par les appartements conjugaux. Puis, avisé de la présence de l'envoyé du *makhzen* *, il gagna le petit cabinet jouxtant le troisième porche aux fins de l'y recevoir.

L'ayant salué, l'émissaire annonça: « Mon maître Abû Sâlim al-Jurâ'î, juge suprême et conseiller du sultan Notre Maître, te fait dire qu'il requerra cette nuit même, à son retour du Tamesna jusqu'à Fès, l'hospitalité de ta demeure en compagnie de sa suite et qu'il te presse en conséquence d'avertir le gouverneur et les notables de sa venue, au premier rang desquels les lettrés. »

Ibn al-Hafid fit grand cas de l'honneur qu'on lui témoignait, eu égard à la position d'al-Jurâ'î vis-à-vis du sultan et au fait qu'un tel choix assoirait son prestige sur la ville aux dépens du gouverneur qu'il appelait « L'Abominable » en son for intérieur.

Il courut chez la plus jeune de ses deux épouses, celle qu'il nommait Toumayma, diminutif de Tam – abrégé de Tamou, abrégé de Fatima – alors même que son aîné, fils de sa première femme, poète et cavalier aux talents reconnus, s'était retenu plus d'une fois de lui faire remarquer que Toumayma pouvait être aussi bien le diminutif de *tâmma*, autrement dit, de *malheur*!

Toumayma vit dans la demande que lui faisait le cadi de préparer la réception du plus grand représentant du sultan jamais descendu chez eux, ni plus ni moins qu'une reconnaissance de son savoir-faire hérité des traditions ancestrales de la demeure de son père, cadi de Sijilmassa, la ville fondée sur le commerce de l'or du Soudan *.

Car la blanchette à la taille de jonc – ainsi la dépeignait-on ! – n'en possédait pas moins un vif caractère avec lequel elle répandait la terreur sur les occupants de sa maison, famille aussi bien que serviteurs, afin que tout fût fait ainsi qu'elle l'entendait: au mieux et au plus vite.

Lorsque l'annonce de la visite d'al-Jûrâ'î à Ibn al-Hafîd parvint aux oreilles du gouverneur Jarmûn, ce dernier sentit croître sa rancœur envers la personne du cadi, lequel userait de ce privilège pour secouer davantage sa tutelle, ce par quoi son influence serait amoindrie, lui qui aspirait à la prépotence sur cette ville que le sultan lui avait accordée pour avoir été traître à sa tribu et pour l'avoir libéré, en préparant sa chute, d'une rébellion vieille de dix ans.

Jarmûn n'en prit pas moins tout le temps qu'il fallait pour former le cortège de bienvenue composé de danseurs, de chanteurs, de cavaliers, de porteuses d'oriflammes, de pousseuses de youyous déchirants, de récitateurs du Coran et d'élèves des écoles coraniques munis de leurs tablettes.

Le cadi et le gouverneur marchèrent ensemble jusqu'à la rive du Bou Regreg pour accueillir l'hôte de marque et assister aux préparatifs des bateliers qui, en vue d'assurer la traversée du cortège, alignaient de part et d'autre de la ligne de passage sur le fleuve des dizaines de barques surmontées de poupées de roseau couvertes de riches soieries et coiffées de couronnes de narcisses et d'anémones cueillis dans les jardins de Salé en ce printemps radieux.

Les groupes de bienvenue les rejoignirent peu à peu. Se tenaient là hauts magistrats, muftis, oulémas, lettrés, commerçants, bourgeois, membres de la lignée du Prophète [1] et des hommes de haute vertu, prévôts des marchés, maîtres des corporations, capitaines de navires, illustres combattants du *jihâd* en terre andalouse ou sur mer, sans oublier les adjoints du gouverneur : juges de police et cheikhs de quartiers, chacun à la place qui lui était assignée.

Le cortège du cadi al-Jurâ'î atteignit la rive du Bou Regreg à l'heure du soleil couchant. Il traversa le fleuve sur une barque splendide et magnifiquement apprêtée, mue par six robustes rameurs et qui emportait, outre Ibn al-Hafid et Jarmûn, deux secrétaires de l'hôte de marque, un commandant en chef de l'armée du sultan accompagnateur du juge dans sa

---

1. Ceux qu'on appelle au Maroc les *Chorfa*.

mission, ainsi qu'une femme noire prénommée Zayda, intendante de sa maison, qui le suivait dans tous ses déplacements.

Une fois rassemblé, le cortège s'avança en direction de la ville au milieu de la foule des félicitants. À l'heure de la prière du soir, tout l'équipage avait été transbordé, soit vingt cavaliers avec leurs chevaux, plus vingt serviteurs poussant les mulets chargés des bagages, des armes et du fourrage.

L'élite des notables pénétra sous la grande coupole de la villa d'Ibn al-Hafid. On célébra la prière, après quoi l'on attendit l'arrivée du cadi pour servir boissons, sucreries et fruits secs accompagnés des plus fines variétés de semoule sucrée et de farces pilées.

Le cadi al-Jurâ'î ne fit son entrée qu'une bonne heure plus tard, s'étant rendu préalablement à l'étuve pour s'y alléger de la crasse et des lassitudes du voyage. Il s'était même trouvé si bien des soins d'un masseur-étireur de la ville que, à un moment où son corps se ressentait plus que jamais des bienfaits du malaxage, il pensait sérieusement demander à son hôte la permission de l'emmener à Fès pour l'attacher durablement à son service.

Dans la salle de repos, à la porte du bain des hommes, Zayda attendait la sortie de son maître pour qui elle avait préparé le costume adéquat et avait extrait des boîtes à onguents, à drogues et à encens les quantités prescrites dans de semblables occasions.

La conversation roula d'abord sur le succès de la mission conduite par al-Jurâ'î au Tamesna en vue de restaurer la paix entre deux tribus divisées par des luttes fratricides dues à leur désaccord sur la répartition des nouveaux impôts sultaniens.

On aborda ensuite le chapitre des bons mots et des vers proverbiaux, l'on fit joute d'anecdotes littéraires et de fines drôleries, multipliant les références et affichant ses prétentions dans les moindres recoins du savoir. Et après que le cadi eut lui-même enfoncé gentiment les portes de la pudeur en citant deux vers du licencieux Ibn al-Hajjâj [2], Ibn al-Hafid commanda à un *taleb* * de Salé, expert dans ce registre, de rompre la gêne par quelques traits épicés, sans nuire à la dignité du cadi du sultan ni lui ravir le bénéfice de la parole qui lui revenait de plein droit.

Lorsque l'hôte de marque eut donné la permission de servir le souper, deux filles arrivèrent avec la fontaine de propreté, suivies d'une jeune noire chargée du bassin et d'une blonde élancée portant la bouilloire, une pile de serviettes blanches posée sur son épaule.

Surpris par l'irruption de la blonde Chama au cœur de l'assemblée, Ibn al-Hafid fut bien en peine de l'en chasser, maintenant qu'elle occupait le centre du salon et devenait instantanément la cible des regards.

Elle avait grandi dans le service de sa demeure. Son père, maître-vacher du cadi sur les pâturages des environs de Salé, était veuf et pauvre au demeurant. Quelques esprits insidieux, prétextant sa haute et mince stature, sa peau claire, ses cheveux blonds et ses yeux bleus, faisaient de lui le descendant d'un marin chrétien de l'ouest de l'Andalousie. Et si sa fille Chama, élevée dans la maison du cadi Ibn al-Hafid dès avant la mort de sa mère, eût été de moins piètre naissance, elle eût à coup sûr constitué un parti princier.

Quant à son sens de l'organisation, son intelligence éveillée, sa finesse de langage et sa vivacité d'esprit agrémentés de bribes de savoir sur le droit et les Lettres, elle en était redevable à Tahira, sa maîtresse et première épouse du juge, qui

---

2. Poète (m. 1001) s'étant illustré dans des thèmes sensibles comme la sexualité, l'ivresse, et connu pour sa langue souvent obscène.

ne lui refusait ni sa tendresse, ni rien de ce qu'elle désirait pour ses filles – encore que, en les entretenant dans la mollesse et le souci de leur beauté, elle les eût gâtées là où le travail avait permis à Chama de se distinguer, faisant d'elle dans sa primeur l'objet de la jalousie des femmes et de la convoitise des hommes, à commencer par Dahmane, le fils aîné du cadi, qui se demandait comment parvenir un jour à convaincre son père de la lui accorder en secondes noces.

Ibn al-Hafid imagina tous les ressorts du complot qui avait poussé Chama à s'afficher dans cet emploi sans qu'on en fût passé par lui et il ne put faire autrement que de ravaler sa colère en attendant de voir la suite des événements.

En sa qualité d'hôte de marque, le cadi al-Jurâ'î fut le premier à qui l'on présenta la bassine. Mais alors que, les yeux tournés vers le ciel, il offrait ses mains à l'eau, il sursauta soudain s'écriant : « Par le Dieu Tout-Puissant ! Tu m'as brûlé, petite traîtresse ! »

Comme Ibn al-Hafid s'approchait pour voir, al-Jurâ'î se leva, retira la bouilloire de la main de Chama puis, s'affairant dans une posture joueuse, entre la douleur et l'excitation, il lui enjoignit de s'asseoir à sa place pour lui verser lui-même le liquide sur les mains.

À vrai dire, l'eau du récipient était trop chaude, mais Chama ne le savait pas. Cependant, rien qu'à voir le visage enflammé du cadi, son rire et son attitude badine, Ibn al-Hafid comprit que l'incident ne ferait rien de plus qu'ajouter à la bonne humeur ambiante et cette note de badinage permit à Chama encore rougissante de se ressaisir après la terrible gêne qu'elle venait d'éprouver.

Son maître lui fit signe de s'asseoir pour permettre au cadi du sultan de lui verser l'eau sur les mains et, à peine eût-il commencé, qu'elle recouvra un peu de sa sérénité, d'autant que l'eau, quoique brûlante, ne l'était pas assez pour boursoufler la peau.

Tandis que les deux servantes se retiraient et que deux serviteurs apportaient une nouvelle bouilloire, un rire secoua l'assemblée et les commentaires fusèrent à propos de l'incident, émaillés de citations de vers, après quoi l'on dressa les tables pour le souper et, au-dessus d'elles, les aiguières pleines de toutes les sortes de jus de fruits et de galants.

Le cadi al-Jurâ'î ne laissa mordre aucun sujet de discussion étranger aux misères que Chama lui avait fait subir. Son humeur badine le poussa même à demander réparation et, tandis que les beaux esprits environnants rivalisaient à fixer ses prétentions, l'intéressé frappa dans ses mains et, devant l'assemblée tenue en haleine, déclara :

— Soyez témoins, vous tous ici présents, que je sollicite de mon cher ami Ibn al-Hafid la main de Chama ma rivale. Et puisque j'ai sur moi quelques dinars de bon aloi de la nouvelle frappe de Notre Maître, je puis m'acquitter de la dot en une fois, à charge pour son tuteur d'accepter afin que la noce ait lieu cette nuit même !

Ibn al-Hafid ne douta pas que le représentant du sultan parlait sérieusement, que son claquement de mains refermait le chapitre de la fantaisie, que son « Mon cher ami » n'était qu'une fourberie de la part d'un conseiller malicieux et que tout regimbement ou affront à son ordre pourrait avoir des suites désastreuses. Aussi s'empressa-t-il de répondre :

— Nous envoyons, maître, nos meilleurs cavaliers quérir son père dans la campagne tout près d'ici, en leur donnant pour mission de le ramener dans l'heure !

Tout près de fondre en larmes, il alla informer sa première épouse de ce qui venait de se passer et ils eurent tôt fait à eux deux d'éclaircir le complot ourdi en commun entre sa jeune femme, celle de son fils et une poignée de servantes. Quant à Chama, elle alla trouver sa maîtresse qui, plutôt que de la laisser pleurnicher sur le bord de son lit, lui dévoila les dessous de l'affaire et lui commanda de faire preuve de tout le sang-froid qu'exigeait la situation. Après quoi elle chargea deux servantes de la conduire à l'étuve, appelée qu'elle était à rencontrer le cadi la nuit même, puis demanda à deux autres de choisir parmi les vêtements, bijoux, fards et parfums de ses filles, tout ce qui pouvait lui être utile.

Al-'Ajjâl, le père, arriva sur ces entrefaites, dans l'ignorance de ce pour quoi on l'avait fait appeler. On le conduisit à l'étuve pour le débarrasser de sa crasse et de ses odeurs de crottin, après quoi, revêtu d'un habit neuf commandé par le cadi à son intention, on l'introduisit auprès de la dame de la maison qu'il révérait pour l'affection qu'elle portait à sa fille et qui l'informa qu'on allait célébrer sa noce avec le juge du sultan ; sur quoi on l'emmena voir la mariée confiée aux dames d'atour et il l'embrassa en pleurant.

Une fois réglées les questions du consentement et du montant de la dot, le contrat fut rédigé suivant ses conditions, et c'est le ventre tordu par la peur de ne plus jamais revoir sa fille qu'il ressortit lesté d'une bourse remplie de pièces d'or de bon aloi.

Leurs félicitations faites et leurs hommages rendus au conseiller du sultan, les invités se retirèrent et Ibn al-Hafid en fit autant, doté de ses instructions pour la promenade nuptiale du lendemain à la Grande Noria des Jardins-hors-la-ville et l'approvisionnement du retour fixé au surlendemain.

Zayda vint baiser les pieds de son maître et le complimenter, puis le conduisit dans la pièce où la mariée l'attendait, allongée sur un lit à montants dorés, tendu de soie et de satin. Après quoi elle ressortit pour faire taire les joueuses de *duffs* * qui officiaient à la porte de la chambre nuptiale et les dispersa avec une rage si inattendue qu'elles s'enfuirent apeurées en même temps que déçues dans leur élan de curiosité. Alors, la servante experte tira un lit qu'elle adossa à la porte et sur lequel elle s'endormit. Quelques instants plus tard, le silence et l'obscurité baignaient un palais dans lequel nulle personne instruite des usages n'eût pu croire qu'une noce venait d'avoir lieu.

Al-Jurâ'î tira de son sac une petite pierre utilisée pour ses ablutions, la frotta de sa paume et pria deux *rak'as* * sous les yeux de Chama qui le regardait à travers son voile de soie, dans l'interstice de la courtine.

Sa prière terminée, il monta sur le lit et la dévoila pour contempler son visage. Elle alla pour lui baiser la main, mais il l'arrêta et, bienveillamment, commença à l'interroger sur sa mésaventure avec l'eau bouillante, sur sa maîtresse et les femmes de la maison d'Ibn al-Hafid, sur sa défunte mère, les origines de son père, sur le mariage de Dahmane avec la fille d'un cheikh d'une fraction des Banou Hilal du Gharb ou sur les plus menus détails de sa vie. Et quelle ne fut pas sa stupeur lorsqu'il apprit d'elle qu'elle jouait du luth et récitait par cœur des *muwashshahs* * et des sourates du Coran !

Ses appréhensions, le trouble induit en elle par le choc de la surprise, l'hébétude où elle s'était trouvée pendant les préparatifs de la noce, tout cela la quitta et, comme sous l'effet d'une révélation, elle comprit qu'en entrant dans la demeure de cet homme, elle ne ferait ni plus ni moins qu'échanger un maître qui l'avait dorlotée et choyée depuis son enfance contre un autre qui ne lui retrancherait rien de cette tendresse ni de cette affection.

Soudain, désireux de voir son épouse comme il lui était permis de le faire, il lui prit la main, la fit se dresser sur ses jambes et, ébloui par ce qu'il vit, il s'inclina comme en une prière, chuchota quelques mots et fondit en larmes. Après quoi, agité de sanglots, se débattant comme s'il voulait se déboîter les jointures, il confessa tout bas ses peines à son Seigneur puis, apaisé, implora son pardon à voix basse, puis de nouveau s'agita, semblant fixer des yeux une montagne lointaine avant de ramener pudiquement sa vue ; tout cela sous le regard hébété de Chama curieuse de son état, qui l'épiait dès qu'il fermait les paupières et baissait la tête aussitôt qu'il les rouvrait, sans rien comprendre de ce qu'elle voyait ni de ce qu'elle entendait.

À la pointe du jour, exténué en même temps qu'apaisé, il courba la tête, baissa insensiblement la voix et s'abandonna à un profond sommeil.

Plus tard, Chama repassa les lambeaux de visions de sa nuit de noce et, malgré sa totale inexpérience de ces choses, pressentit d'instinct que le roc d'infaillibilité du cadi du sultan avait fondu dans le vase d'eau qu'elle portait à la main et que les jours à venir étaient on ne peut plus incertains.

Le lendemain, on laissa à Zayda, majordome du cadi, le soin de fixer le déroulement de la fête de la Grande Noria et d'en prévoir l'agencement. Ibn al-Hafid se plaça lui-même sous son commandement, répercutant ses ordres à sa famille et à ses serviteurs et notifiant au gouverneur Jarmûn les tâches qui lui incombaient.

Elle ne laissa que deux servantes l'aider à conduire les époux au bain et prendre part aux travaux de coiffage, de maquillage et d'habillage de la mariée jusqu'au moment de l'exhiber dans ses plus beaux atours.

Le cortège s'ébranla dans une atmosphère de liesse et pérégrina par quelques lieux saints sans interrompre sa marche vers le grand jardin où, dans un angle, à proximité du bassin, de la noria et du puits, les tentes étaient dressées, d'un côté celle des hommes, de l'autre celle des femmes, tandis qu'un dais spécial s'offrait à la mariée et à ses demoiselles d'honneur.

Deux jeunes filles prirent chacune Chama par la main, l'aidèrent à s'asseoir sur sa cathèdre haute comme la chaire du prêcheur et elle prit place, entourée de ses suivantes, dans le grand appareil propre à l'usage des maisons de la noblesse.

Gênée dans ce costume imposé par sa maîtresse – le même que celui dans lequel elle avait marié ses filles – elle pliait presque sous le poids des broderies au fil d'or dites « siciliennes » et des cordons de soie noire, pourpre et rose entrecroisés sur ses épaules, qu'alourdissaient les colliers d'or aux mille gemmes étincelants plaqués à son cou, les larges ceintures d'or roulées sur sa taille fine sans la gêner, les longs pendentifs qui, parce qu'ils ne lui tombaient néanmoins qu'à mi-cou, brillaient de toute la splendeur de leurs fines ciselures et de leurs pierres précieuses taillées en poire ou en pyramide ; les bracelets recouvrant ses poignets, au décor finement ajouré et cintrés de l'intérieur selon le modèle créé par des joailliers juifs pour les femmes du sultan et copié par les orfèvres de quelques grandes familles ; les minces plaques d'or délicatement ouvragées qui lui entouraient les chevilles depuis le haut du talon jusqu'à la lisière des braies à mi-mollet ; l'unique bague en or glissée au majeur de sa main droite et les deux autres d'argent, jumelées sur l'annulaire de sa main gauche, sans oublier la couronne de fils d'or et d'émeraudes emboîtée sur la base de sa toque brodée, au centre de laquelle la coiffeuse avait ramené les cheveux avec une fantaisie propre à exalter son art et la longueur du cou ivoirien dont la racine des cheveux brunissants au haut de la nuque soulignait la grâce et la beauté.

La veille encore, tout cet attirail faisait partie du trousseau caché dans les malles et les coffres où il reposait, nimbé d'un halo de sainteté dans les yeux de celles qui avaient charge de le garder et que seules deux servantes de l'entourage de Tahira, Khawda et Chama, étaient simplement admises à toucher, dépoussiérer et briquer ; Chama porteuse aujourd'hui de tous ces joyaux et qui, même dans ses plus beaux rêves, n'eût pu s'imaginer en passe d'être mariée aussi vite, à l'un des plus proches collaborateurs du sultan, dans ce costume rutilant, avec tous ces hôtes rassemblés autour d'elle et les filles de ses maîtresses reléguées au rang de demoiselles d'honneur !

Mais tout cela, Chama se défendait d'y penser et de laisser l'émerveillement ou la joie pénétrer son cœur. Sous le voile de soie noire qui réhaussait l'éclat de son visage et l'offrait nu au visiteur et son front étincelant surmonté de cette merveilleuse couronne, ses yeux fixaient quelque chose entre la partie nue du sol à la frange du tapis et deux racines du figuier qui ombrageait sa cathèdre. Une colonie de fourmis allaient et venaient entre leur nid apparemment situé sous l'arbre et leur point de ralliement, quelque part là-bas au milieu de ce champ transformé face à elle en lieu de parade pour troupes de musique et de spectacle.

Elle regardait le chemin décrit par les fourmis sous les talles de mémécycles aux fleurs éclatantes, travailleuses obstinées tout comme elle, avec sa vie sans trêve dédiée au seul plaisir de contenter ses maîtres. Elles marchaient unies, au même pas, au même rythme, sans qu'une seule probablement demeurât dans le nid pour y dormir ou dicter ses ordres à ses sœurs affairées. Qui était là pour leur dire : « Au travail ! » et « Arrêtez-vous ! » ? Qui fixait leur route et leur destination ? Qui leur partageait la subsistance ? Tout au plus la taille de leur abdomen pouvait-elle inciter à les considérer différemment! Dieu, qu'il devait être merveilleux d'écouter leurs discours! Des discours sans doute réduits à l'essentiel, détachés de toute curiosité! Mais le plus merveilleux devait être d'ouïr la langue de leurs désirs. Car il est de fait que les fourmis aiment la vie et ont peur de la mort. Cela n'est pas douteux puisque le Livre l'affirme [3].

Souvent, elle avait entendu l'histoire de Salomon et des fourmis de la bouche du prêcheur qui parlait aux femmes d'Ibn al-Hafid de derrière une tenture. Un instant, elle s'arrêta sur la relation entre amour de la vie et crainte de la mort que lui suggérait son esprit, entre amour et crainte tout simplement. Et, lorsqu'elle revint de ses pensées, elle fut comme incapable de répondre à la question: « Et toi, aimes-tu? As-tu peur de quelque chose? »

Après sa longue contemplation de la marche des fourmis, elle retourna subitement aux choses alentour, tirée de sa rêverie par la voix d'al-Jûrâ'î qui se mêlait au loin à ses rires et qu'elle distinguait déjà parmi les autres.

Brusquement, il s'interrompit et, entendant une colombe chanter sur la branche d'un saule devant le dais érigé à son intention, il fit signe à l'assemblée de se taire. Même les chanteurs obéirent et, tandis que chacun prêtait l'oreille au chant de l'oiseau, il commença à déclamer:

Souvent colombe au matin chante
Et sur sa branche se lamente
Peut-être sont-ce mes pleurs
Qui l'obligent à la veille
Peut-être sont-ce ses pleurs
Qui me volent le sommeil!

---

3. *Cf.* Coran, XXVII (sourate des Fourmis). Les citations du Coran sont empruntées à la traduction de Denise Masson (Folio classique, Gallimard, 1967).

Si elle ouvre la séance
Aussitôt je lui viens en aide
Et si c'est moi qui la précède
Elle me donne assistance

Probablement de ses pleurs
Je méconnais la raison
Ainsi que de ma langueur
Elle ignore le fond
Néanmoins à nos tristesses sœurs
Elle et moi nous nous reconnaissons !

Sur ces mots, il lança à l'adresse d'Ibn al-Hafid :

— Or çà ! lettré distingué, où est le père de Chama notre beau-père, qu'il nous permette de changer son nom en Warqa [4] ? Mais oui, il l'a permis ! Que Dieu nous préserve à travers lui. Voici des dinars à l'empreinte du sultan, prenez-en de quoi acheter un bélier bien gras pour fêter le nouveau nom de notre épouse, égorgez-le et donnez le solde aux ascètes de la Grande Zaouïa. Je crois bien que l'un d'eux s'est vu cette nuit en songe nourri par le Ciel de panade à l'agneau !

Sur ces mots, il alla embrasser le front de son épouse, revint en riant aux éclats et ordonna :

— Continuez votre concert, chantres et musiciens !

Lorsqu'on eut joui des spectacles variés, des voix des chanteurs de louanges et des mets raffinés, on s'apprêta au retour vers la villa d'Ibn al-Hafid.

Avant le départ, Zayda ordonna aux gens de la maison ainsi qu'aux femmes des notables d'aller saluer l'épouse du conseiller et de lui baiser la main, un ordre dont ses maîtresses de la veille goûtèrent l'âpre amertume sous l'œil de

---

4. Litt. « colombe », par allusion au premier vers du poème.

Zayda et du Justicier Suprême, à l'exception de Tahira que la mariée, les yeux baignés de larmes, alla saluer d'elle-même avec une effusion contraire aux exigences du moment.

2

Le lendemain à l'aube, le cadi al-Jurâ'î quitta Salé avec son équipage et son épouse portée sur un palanquin. On coucha à Tifilfelt, sous des tentes en poil de chameau, et ce fut pour Warqa une vive émotion que de retrouver cette atmosphère de campement qui avait baigné son enfance dans la campagne de Salé.

Le cadi passa la nuit à méditer la question des tribus dont les cheikhs avaient été conviés à le rencontrer sur sa route. Quant à Warqa, elle n'eut guère le temps de dormir, du moment que Zayda avait entrepris de tout lui dire sur le cadi, ses épouses et… ses enfants. Elle lui apprit qu'elle occuperait une résidence particulière à Fès où elle ne pourrait cependant s'attacher à ses soins, compte tenu du rôle indispensable qu'elle assumait dans la grande maison, les déplacements du cadi et l'organisation de ses réceptions officielles. Sur quoi elle s'endormit profondément et ronfla toute la nuit d'un souffle puissant.

Autour de Warqa régna alors un silence angoissant, allégé par les ébrouements de Zayda et les pas des sentinelles qui faisaient la ronde au milieu des tentes, tandis que, tout près de là, résonnaient grondements et rugissements de bêtes.

Le lendemain, le cortège parcourut l'étape entre Tifilfelt et Makhâda, située sur le fleuve Beht à deux pas d'Agouraï, la ville du cadi où résidait sa famille et vers laquelle on se remit en marche à l'aube du jour suivant.

Déjà l'émissaire avait annoncé la venue de « la fierté de la tribu » et de son protecteur : le cadi Abû Sâlim ; les tentes étaient dressées et les notables sur pied pour accueillir le juge-conseiller surnommé « Le vizir » parmi les siens.

Warqa en avait entendu suffisamment de Zayda pour se faire une idée sur sa vie : son départ, tout jeune, de la province, ses études à Fès, à Ceuta et à Grenade ; son séjour de deux ans en Égypte, son retour au Maroc et son entrée au service du sultan comme administrateur des *habous* * de tout le royaume, sa fonction de cadi à la Résidence, l'hommage rendu à son jugement par son élévation au rang de conseiller du sultan, sans oublier ses succès dans nombre de missions effectuées auprès des tribus du Maghreb occidental, central, oriental et d'Andalousie ni sa contribution remarquable à la défense des bastions de l'Outre-mer *.

Warqa s'étonna que le cadi la libérât devant le peuple d'Agouraï de l'attirail de son voile, comme si ce dernier eût pu la déprécier aux yeux de ses tantes maternelles et paternelles qui n'avaient jamais connu semblable chose de leur vie. Aussi bien, lorsqu'il lui prit la main pour la présenter à ses oncles les cheikhs et aux femmes de sa famille, elle s'aperçut que tous ignoraient cet attribut qu'elle avait accoutumé de voir chez les notables de Salé et dans les villes que le cortège d'Ibn al-Hafid lui avait permis de traverser.

Mais ce qui l'ébahit proprement, ce fut de voir le cadi rejoindre le cercle de chant et de danse formé par les habitants sur un vaste espace entre leurs tentes en poil de chèvre enrubannées de couleurs et l'entraîner vigoureusement au cœur de l'arène, empêtrée dans les pans de sa longue robe de soie citadine alors même que les femmes du pays dansaient dans de courts burnous interrompus à mi-jambe.

Il émanait de chez ces gens, aussi bien les hommes que les femmes, une beauté envoûtante sise dans une taille parfaite, une peau veloutée, un sang pur dont la blancheur des visages, des poignets et la noirceur des cheveux, tombant chez les femmes au moins jusqu'à la taille et en gerbes tressées sur la nuque des hommes, tempéraient la vigueur écarlate.

Elle croyait mieux comprendre à présent le secret de la fascination éprouvée pour elle par le cadi dès le premier regard. Car, dans l'esprit d'un homme issu de ce milieu, elle n'était ni plus ni moins que l'image de la femme. Et si celle qu'il avait prise pour épouse eût été de ces pâles indolentes au sexe avili par la torpeur des maisons citadines, jamais il n'eût osé l'exhiber au regard de ses proches !

Jusqu'à sa septième année, elle avait migré avec sa famille entre les pacages forestiers du voisinage de Salé. Elle appartenait donc bien, dès l'origine, à cette race qui l'embrassait aujourd'hui et pouvait à bon droit renvoyer leurs insultes aux grincheuses du palais d'Ibn al-Hafid qui prétendaient sitôt qu'elles voulaient la vexer qu'elle descendait d'un marin chrétien de l'ouest de l'Andalousie que son grand-père avait servi à Salé jusqu'à sa mort. Mais ce que ces envieuses savaient de la vie ne dépassait pas les murs de leur cité. Certaines d'entre elles, nées dans la maison d'Ibn al-Hafid, y mourraient et y seraient enterrées sans même pouvoir prétendre à l'une de ces sépultures communes érigées entre la mer et l'enceinte de la ville.

Le cortège quitta Agouraï dans la soirée à destination de Fès et y parvint aux premières lueurs du jour. Warqa et Zayda s'en étaient détachées sur les hauteurs voisines avec un groupe de soldats à cheval afin d'y pénétrer par la porte orientale. Au débouché d'un lacis de ruelles étroites encore éclairées par des lampes à huile suspendues, ils arrivèrent à une minuscule venelle où les cavaliers n'entraient qu'à la file et firent halte devant la porte d'une maison gardée par un serviteur noir aux muscles noueux qui faisait les cent pas, l'air d'attendre quelque chose. L'une des escortes lui parla et quand Warqa entendit Zayda l'appeler Fâtih [5] elle ne présagea en lui que du bien.

Fâtih poussa la porte qui s'ouvrit et Zayda entra, donnant ordre aux escortes de charrier les malles chargées sur un mulet. Lorsque Warqa pénétra à sa suite, l'une des deux servantes postées dans le vestibule alla pour lancer un youyou mais, d'un geste, Zayda l'arrêta.

La lumière du jour inondait. La maison de Warqa, quoique de taille plus modeste que tous les pavillons attenants à la demeure d'Ibn al-Hafid, ne le cédait à aucun d'eux par l'élégance de ses faïences aux tons et aux formes variés, la finesse de ses colonnes, la splendeur de ses quatre portes de chambre rayonnant autour du patio occupé par trois massifs de roses plantés en leur centre d'un vieux figuier.

La plus jeune des deux servantes prénommée Rabî'a, s'avança pour conduire sa maîtresse jusqu'à la pièce centrale qui lui tiendrait lieu de séjour et de chambre à coucher dès l'instant que la maison n'était pas apprêtée pour recevoir des invités, et au fond de laquelle trônait un lit à montants dorés non moins imposant que celui de Tahira. Et dire qu'elle pouvait maintenant jouir en propre d'objets que son lot quotidien avait été jusqu'ici de nettoyer et de ranger après que d'autres les avaient déplacés !

---

5. L'un des noms d'Allah : « Celui qui ouvre les portes » du ciel, i.e. de toutes les chances.

Ces lieux, Warqa – ou Chama – les touchait avec une piété, une sainteté dues à la pudeur dans laquelle elle avait été élevée, à l'amour qui l'imprégnait pour Tahira sa maîtresse et au respect qu'Ibn al-Hafid prescrivait à tous ceux de sa maison.

Tandis que sa fatigue prenait le pas sur ses émotions, elle se déshabilla, ne garda qu'une chemise légère pour la nuit et, oubliant maint sujet d'intérêt alentour, elle se coucha sur un matelas en bas du lit, non sans s'être assurée que la servante était ressortie en fermant la porte derrière elle.

Elle se réveilla en plein midi, l'esprit traversé par un flot d'images liées aux événements survenus depuis la nuit de l'accueil d'al-Jurâ'î à Salé. Comme pour écarter toute prévention contre sa nouvelle vie, elle contempla le plafond de bois au décor ouvragé puis ouvrit le drap et monta sur le lit pour faire croire qu'elle y avait dormi, après quoi elle frappa machinalement dans ses mains à l'imitation de sa maîtresse appelant sa servante en pareil cas.

L'expérience ne fut pas vaine, lors qu'elle put constater que ces gestes et attitudes formaient un langage commun à ce genre de demeures et de situations. Car déjà Rabî'a se glissait à l'intérieur de la chambre, repoussant soigneusement le battant de la porte derrière elle afin de ne pas la gêner avec la lumière du jour au cas où sa vue ne s'y serait pas encore apprivoisée.

Grâce à son intelligence, à son expérience des usages côtoyés dans la maison d'Ibn al-Hafid, elle comprit qu'il lui fallait dès à présent jouer pleinement son rôle de grande dame vis-à-vis de servantes dont elle partageait la condition quelques jours plus tôt et que, en s'y refusant, elle commettrait une erreur difficilement réparable. Penser qu'elle avait tout ce qu'il fallait pour incarner cette image lui était source de réconfort: une personnalité riche unissant l'ensemble des qualités requises à la longue expérience du service de sa maîtresse, jointe à une beauté que même ses rivales lui reconnaissaient et qu'al-Jurâ'î attestait par son amour pour elle, avec tout ce qu'il représentait.

Rabî'a l'avisa que le bain et le déjeuner étaient prêts. Elle entra dans l'étuve, refusant l'aide de sa deuxième servante Zubayda à qui elle commanda de sortir, puis, une fois lavée, habillée selon son goût, revêtue de ses bijoux et d'une fine touche de maquillage, elle s'assit à table et mangea goulûment.

Rassasiée, elle fit ses dévotions en se remémorant la piété de sa maîtresse, du temps où Chama l'accompagnait dans ses ablutions et sa prière à l'aube de chaque jour. Nul doute, du reste, que ces invocations entraient pour partie dans le bonheur auquel elle accédait aujourd'hui !

Ces pensées remuèrent son émotion et elle sentit une larme couler de ses yeux. Mais plus que les incitations du bonheur, elle ressentait de la crainte. Rien de son avenir ne lui était assuré. Si la soudaineté de son passage du simple rang de servante à celui d'épouse d'un conseiller du sultan n'avait pas eu sur elle tout l'effet escompté, c'était parce que l'estime et la protection que Tahira lui avait accordées en lui permettant de grandir dans l'entourage des filles d'Ibn al-Hafid lui avaient enseigné la fierté de soi-même. Mais bien qu'elle eût été elle-même témoin de ce genre de mariages imprévus, elle ne comprenait pas tout de ce qui lui était arrivé. Ce qui la stupéfiait d'abord, c'était la violence avec laquelle on l'avait arrachée au berceau de ses sentiments et, probablement pour toujours, à une famille où elle savait que certains lui vouaient une grande tendresse et une grande affection.

D'instinct, elle ne montra à ses servantes aucune faiblesse, ne fût-ce qu'en posant la moindre question et, sans chercher à en savoir d'elles davantage, elle fit elle-même le tour de la maison pour en découvrir l'âme et les commodités. Mais le spectre du désœuvrement et de l'inaction obsédait sa pensée. Elle qui avait fait de l'élégance dans le service et, plus encore, de la fidélité à sa maîtresse la source de sa joie et de son contentement, allait-elle voir chacune de ses journées tourner à l'enfer, maintenant que s'affairaient autour d'elle deux créatures qui ne trouveraient jamais assez de grâce ni de confiance à ses yeux pour qu'elle s'ouvrît à elles des secrets de son cœur ?

Par une fin d'après-midi, comme elle regardait des mouchoirs brodés dans l'armoire à serviettes, Rabî'a s'approcha d'elle et, sans être tenue à la discrétion, lui chuchota à l'oreille que Fâtih, l'esclave-portier et homme à tout faire du moment souhaitait lui donner de vive-voix un message que son maître lui faisait porter, à quoi l'impudente ajouta pour justifier son aparté : « Fâtih est un eunuque, il peut entrer chez toi ! », des mots qui lui valurent le premier regard outré de sa maîtresse, au point qu'elle baissa les yeux et s'en alla.

Fâtih, l'homme sur qui s'étaient posés ses regards le matin même en arrivant, se posta dignement devant elle et, après s'être assuré que les deux servantes s'étaient éloignées, lui confia : « Mon maître te fait dire qu'il est retenu à la Résidence mais que, dès que Sa Hautesse lui aura fait l'honneur de le recevoir et l'aura libéré, il viendra te voir. »

Pour Warqa, l'air n'était pas nouveau, à qui la vie à Salé avait enseigné que le service du sultan est une concubine qu'on a vu tant de fois tourmenter les épouses dans leur lit en volatilisant leurs maris dans les antichambres, les missions, les délégations, les conseils et les guerres.

Mais deux choses agitaient sa tristesse larvée, qu'elle affecta secrètement d'ignorer : l'annonce par la servante que l'es-

27

clave était un eunuque et le fait que Fâtih, en lui disant : « Mon maître viendra te voir » s'exprimait d'autant plus proprement que sa venue, si toutefois il venait, ne se ramènerait à rien de plus qu'un coup d'œil et une apparition.

Le surlendemain, en fin d'après-midi, on livra un chargement de denrées et de vivres, ainsi qu'une malle cadenassée qu'on transporta dans sa chambre sans lui en remettre la clé ni lui en dévoiler le contenu.

À l'heure du couchant, alors qu'un branle-bas s'élevait au cœur de la maison et qu'un salut inaccoutumé montait des bouches des deux servantes, elle passa la tête par l'embrasure de la porte et vit le cadi au milieu du vestibule, qui venait droit vers la chambre.

Il lui fit signe de se reculer, entra et la salua. Puis, comme elle s'apprêtait à lui baiser la main, il l'arrêta, s'assit et, sur un ton d'excuse, commença à lui expliquer les raisons de son absence. Après quoi il se leva, fit la prière du couchant et revint s'asseoir en frappant dans ses mains. La servante parut aussitôt et il permit de servir la boisson et le repas.

Il mangea devant Warqa avec un appétit qu'elle ne lui soupçonnait pas et elle fit mine de l'accompagner pour lui être agréable, quoique son émotion et son application à le regarder comme si elle le voyait pour la première fois lui ôtassent le goût pour la nourriture, alors qu'il lui tendait par-ci par-là quelques morceaux de choix qu'elle prenait et mangeait ou bien reposait discrètement dans le plat.

Le repas terminé, il demanda le bassin pour se laver les mains et, repensant à l'épisode de la bouilloire, Warqa étouffa un rire. Après quoi, il monta sur le lit pour s'y étendre et elle s'assit sans mot dire sur le matelas à ses pieds.

Al-Jurâ'î prit un livre dans le tour et commença à lire ou bien à faire semblant. Plusieurs fois, elle vit ses yeux déserter la page pour se fixer sur elle. Au bout d'un moment, il sauta vers la malle livrée dans la soirée et l'ouvrit. Elle était pleine de cadeaux, de vêtements, de bijoux et de tout ce dont rêvent les mariées. Puis, lorsque le muezzin appela à la prière du soir, il gagna le côté opposé de la pièce et fit ses dévotions avec une légère précipitation.

Lorsqu'il en eut terminé, il retourna auprès d'elle, lui demanda de se lever comme au soir de la nuit de noces, après quoi, l'ayant regardée comme il lui était permis de le faire, il replongea dans son délire de passion, de supplication et de repentance envers une faute inexprimée ; puis, fondant en larmes, il manifesta des désirs où elle le suivit sans hésiter et, quand elle eut compris qu'il fallait le traiter comme le petit garçon qui attend tout de sa mère sans réciprocité, elle l'inonda de tendresse avec infiniment de finesse et de cœur. Puis, comme elle l'entraînait de main ferme dans un transport cadencé, il haleta si fort qu'elle en eut peur pour lui, jusqu'au moment où ses forces se débandèrent et où il entra dans un profond sommeil.

Depuis un mois que Warqa était arrivée à Fès, le cadi venait la voir deux fois par semaine ou davantage. Toujours il se montrait avec elle égal à lui-même, encore que sa transe empirât à chaque fois et elle trouvait dans la fraîcheur de son sentiment de quoi apaiser son désir et sa componction. Sans bien comprendre au juste la situation, elle s'était faite à cette nouvelle forme de service. Car l'enfer, pour elle, c'était l'isolement où elle était plongée, l'absence à ses côtés d'un être à qui elle eût pu épancher une part de soi-même ou qui eût été digne de partager son secret.

Elle avait l'âme et le cœur assez purs pour ne pas douter un seul instant qu'al-Jurâ'î était on ne peut plus sincère dans ses sentiments, que cet individu qui avait tout venait chercher auprès d'elle ce qu'il n'avait pas – elle n'en demandait pas plus pour trouver en lui la source de son plaisir – et que, malgré tout ce qu'il lui exprimait d'élans et de faveurs, il vivait la détresse perpétuelle de ne pouvoir la satisfaire jusqu'au bout.

Un jour, après le déjeuner, elle alla s'allonger pour une sieste devenue partie de ses nouvelles habitudes. Les deux servantes s'étaient rendues à l'étuve du quartier et elle était seule à la maison. À peine s'était-elle accoudée sur son matelas, qu'elle ressentit une douleur au ventre. Puis, comme celle-ci s'amplifiait, elle se leva pour boire une décoction de thym.

Mais le mal, à présent, lui déchirait les entrailles. N'y tenant plus, elle se mit à pleurer, à gémir puis, dans une pointe de la douleur, à hurler et à crier en se pliant et tordant en tous sens. Fâtih arriva et, la voyant dans cet état, repartit à toutes jambes pour revenir une heure plus tard avec le cadi et un médecin juif de l'hospice des aliénés de Fès connu sous le nom d'Ibn al-Zâra.

Rentrées du bain avant l'arrivée des deux hommes, les servantes avaient trouvé Warqa évanouie et l'avaient allongée sur le lit. Le médecin certifia au cadi qu'elle se mourait par suite d'un empoisonnement dont les signes se voyaient à l'écume présente sur ses lèvres. Il envoya chercher des drogues, tout en lui versant une potion dans la bouche pour lui faire retrouver ses esprits, chose à quoi il parvint après une heure de massage et de saignée. Puis, comme les spasmes la reprenaient, il lui ingurgita une décoction de kali préparée par ses soins et, à peine le liquide eut-il inondé l'estomac, qu'elle se redressa d'un bond et barbouilla d'un jet de vomissure la face du cadi et des personnes alentour.

Penché au-dessus d'elle, ce dernier exhortait le médecin et l'assaillait de questions avant de retourner s'asseoir sur le matelas à même le sol et, la tête calée entre les mains, d'y pleurer à chaudes larmes sans souci de sa dignité, précaution du reste bien inutile à l'égard d'un Juif dont il n'avait rien à craindre pour sa femme et de deux servantes qu'il lui suffirait d'éliminer à la première indiscrétion.

Quand, tard dans la nuit, le médecin fut parvenu à purger l'estomac de la totalité du poison, il rassura le cadi sur la survie de sa patiente, indépendamment des suites prévisibles comme la chute des cheveux, la pâleur et l'amaigrissement passagers.

Pour finir, on prépara une nourriture fluide et reconstituante qu'on ingurgita à la malade à demi inconsciente et on la laissa dormir.

Le cadi sentit d'instinct dans quelle direction les causes de l'accident devaient être recherchées et il s'en remit à Fâtih et à l'un de ses collaborateurs fidèles du soin de cette mission.

À son retour, le lendemain à midi, il trouva Warqa en possession de ses esprits, quoiqu'encore incapable de lever une main. Fâtih et son adjoint lui apprirent alors comment les deux servantes avaient reconnu sous la contrainte avoir rapporté à Chama une daube différente de celle envoyée au four du quartier dans le but de l'empoisonner, conformément aux plans de sa première épouse et mère de ses enfants qui mûrissait ce projet depuis que l'arrivée à Fès de sa rivale lui avait été annoncée.

Le cadi prit place au centre de la maison, se fit amener les intéressées et ordonna qu'on les vendît aux marchands d'esclaves en tous genres trafiquant vers les pays du Soudan. Pour finir, il se fit apporter une feuille, un calame, un encrier et écrivit :

« *À notre cher et affectueux ami Abû al-'Abbâs Ibn al-Hafîd, cadi de Salé la Bien-Gardée. Que le salut soit sur toi. Puisses-tu dès récep-*

tion de la présente nous mander rapidement l'une de tes habiles ser-
vantes sur qui nous reposer du soin de Warqa. Avec mon salut. »

3

Une semaine plus tard, l'émissaire du cadi revint de Fès en compagnie de Khawda, l'une des servantes de Tahira qui, lorsqu'elle trouva Warqa rivée à son lit, dépouillée du tiers de ses cheveux, ne put retenir ses larmes. Quant à Warqa, elle se réjouit de cette présence inespérée, voyant dans l'envoi de sa servante favorite une attention supplémentaire de la part de sa maîtresse.

Il ne leur fallut pas moins d'un jour et d'une nuit pour égrener leur chapelet de commentaires sur les événements survenus à Salé et à Fès depuis leur séparation. La vengeance d'Ibn al-Hafîd envers les dames et les servantes qui avaient tendu à Warqa le piège de l'eau bouillante était le fait le plus marquant de sa maison. L'épouse de son fils Dahmane avait été répudiée et renvoyée dans sa famille à la suite de ses complices comme cheville ouvrière du complot. Quant au père de Chama, le cadi lui avait demandé contre une promesse de rente de quitter l'étable de la forêt de Salé pour se confiner en prières dans la Grande Zaouia ou bien s'installer comme concierge à sa porte dans une tenue décente. Mais il avait insisté pour rester à la ferme. Quant au gouverneur Jarmûn, ses brimades et ses indignités à l'égard de la population s'aggravaient de jour en jour.

Khawda ne se fit pas faute de taquiner Warqa avec les sarcasmes des envieuses qui s'étaient amusées à changer son nom en Warka [6]. Mais, de toutes ces nouvelles, celle qui lui faisait le plus chaud au cœur était la joie de Tahira sa maîtresse qui clamait publiquement que la chance de Chama était le fruit des prières qu'elle avait dites pour elle en hommage à sa fidélité et de ses talents issus de la divine Providence.

Warqa, de son côté, lui parla du voyage de Salé jusqu'à Fès, de son admiration pour la personne de Zayda, du passage du cortège à Agouraï, dans la famille du cadi, de la beauté des hommes et des femmes de là-bas. Toutefois, pressée de la voir arriver au sujet de sa vie privée avec al-Jurâ'î, Khawda ne la laissa pas se perdre dans les détails. C'est alors que, ressentant quelque gêne, Warqa se jeta en pleurant dans les bras de sa compagne qui commença à lui déverser sa tendresse et à tempérer son émoi en lui promettant d'alléger toutes ses peines à condition qu'elle lui fît un tableau détaillé de la situation.

Warqa commença son récit et, elle n'eut pas le temps de vaincre son bégaiement et le dessèchement de sa salive, que déjà Khawda était édifiée. Sentant sa gorge se nouer, elle s'emplit de fureur contre le cadi orgueilleux dont l'attitude envers Warqa revenait ni plus ni moins qu'à enfermer une innocente dans une cage dorée pour les besoins de son égoïsme. Mais Warqa se reprit et, comme si elle voulait transcender la timide compassion de cet être auquel l'unissaient depuis le premier sang les liens d'une chaude amitié, elle commença à invoquer l'innocence du cadi, sa sincérité en amour, ses côtés puérils attendrissants, allant jusqu'à qualifier la joie des courts moments qu'elle passait avec lui de « bonheur sans égal ».

Khawda comprit que Warqa n'avait pas besoin de quelqu'un pour écorcher sa blessure, mais pour partager son

---

6. I.e. « Grasse des hanches » ou « boîteuse ».

secret, l'aider à vaincre ses incertitudes et, au delà, garder par-devers soi ce qui ne pouvait être dit. Malgré la différence d'âge et d'expérience, elles avaient chacune assez de finesse pour se comprendre à demi-mots.

Khawda avait fait elle aussi de sa dévotion à ses bienfaiteurs un baume et un antidote à sa tristesse. Son mariage avec un capitaine de navire à la taille de géant n'avait pas duré plus de deux ans, qu'il avait passés presque entièrement à naviguer sur les mers. C'était son maître de navigation qui avait acheté sa mère encore impubère à prix d'or sur le marché aux esclaves du Der'a en raison de son appartenance à une lignée de princes peuls soudanais, si bien que, à la mort dudit maître, la petite arrivait à l'âge nubile et parlait encore la langue peule de ses ancêtres maternels du Soudan. Mais le capitaine Sâlih fut capturé en mer par les Chrétiens pendant qu'elle était enceinte et, dès l'instant qu'elle avait accouché d'une fille et que plusieurs années s'étaient écoulées sans que son époux fût reparu au nombre des prisonniers rachetés, le cadi lui accorda le divorce, d'autant que l'éternel absent était parvenu, selon les dires, à tuer le capitaine du bateau et avait été tué par ses ravisseurs en guise de représailles. Depuis lors, son aventure avait pris le contour d'une légende héroïque dont la trame s'était enrichie au fil des ans et que les enfants de Salé colportaient et s'attribuaient comme un modèle de bravoure.

C'est dans ces circonstances que Khawda et sa fille furent mêlées au harem du cadi Ibn al-Hafid. La pureté de ses traits, la grâce de sa silhouette, sa prestesse dans le travail alliées à une fierté hautaine, un orgueil outrancier et un respect abso-lu des convenances l'avaient fait surnommer « La gazelle du désert ». Aussi bien, jamais Chama n'eût pu devenir son égale si elle n'eût appris d'elle tous les petits tours de main qu'elle appliquait scrupuleusement dans le service, embellis de cette spiritualité qui lui avait attiré l'amour de sa maîtresse, empreinte d'une tendance particulière à sacraliser l'époux et à occulter ses travers au profit de ses qualités.

Khawda ramena Warqa au récit des circonstances de son empoisonnement. Elle apprit comment tout avait été orchestré depuis la maison d'al-Jurâ'î avec le concours des deux servantes ou de celle tout au moins qui lui avait fait miroiter l'envie d'une daube mijotée sous la cendre dans le four du quartier à l'insu du cadi.

Chama pénétra dans l'étuve et Khawda l'y suivit en vue de l'examiner. Elle poussa un profond soupir en voyant que les taches bleues s'estompaient sur son corps et qu'un léger duvet repoussait à la place des cheveux tombés. C'est pourquoi il leur suffit de se remémorer quelques tragiques cas d'empoisonnement dont elles avaient eu ouï dire, bien moins graves au demeurant que celui-ci, pour convenir que Warqa ne devait sa survie qu'à l'habileté du médecin juif.

Elles devaient maintenant se prémunir contre tous les complots à venir. Il incombait à Khawda de mieux connaître la place si elle voulait protéger celle qui était devenue l'équivalent de sa maîtresse. Cela revenait à connaître chaque recoin de la maison, chaque voisin, la ville entière, les serviteurs envoyés par le cadi et à savoir filtrer la nourriture venue de l'extérieur.

Consciente que Fâtih, le portier-serviteur, était désormais l'homme sur qui il fallait compter, elle voulut faire avec lui plus ample connaissance et le sonder par le détour de la conversation en vue d'en faire son rapporteur des échos de la ville, elle qui avait appris dans la demeure d'Ibn al-Hafid que la connaissance des on-dit est la meilleure arme contre l'ennemi.

Warqa lui permit d'aller selon l'usage frapper derrière l'huis pour le faire entrer. Comme il s'engageait dans l'allée au milieu des massifs, il trouva Warqa assise sur une banquette, occupée à des travaux de broderie. Il la salua et, après qu'elle lui eut ordonné d'aider la nouvelle servante quelle que fût sa requête, elle frappa dans sa paume pour rappeler Khawda de la cuisine où celle-ci s'était embusquée afin d'épier les traits du visiteur. Lorsqu'elle se retrouva debout devant le portier au regard baissé, elle vacilla de tout son être et, les yeux écarquillés, la bouche béante et bavant à demi, elle s'abandonna au frisson qui lui hérissait la peau. Ce colosse en pleine santé et au teint flamboyant était, abstraction faite de la couleur de sa peau, l'image vivante de son époux défunt !

Fâtih alla demander à son commis de garder l'entrée puis revint pour aider Khawda à changer l'eau de plusieurs jarres de conserves dans la cuisine, tandis que Warqa, qui avait remarqué le trouble de sa servante et en pressentait la cause, lui dit avant qu'elle se retire :

— C'est un eunuque. Nous n'en avions pas parmi les esclaves de notre maître !

À quoi Khawda lui répondit, sans bien mesurer la portée de ses paroles :

— Les maîtres qui castrent leurs serviteurs le font pour masquer leur propre impuissance !

Mettant sa repartie au compte de la tendresse et de l'affection qu'elle lui portait, Warqa lui répondit :

— Et c'est notre cœur à nous, les femmes, qui est cautérisé !

Khawda passa un long moment à ranger les jarres dans le cellier attenant à la cuisine avec l'aide de Fâtih, le pressant à chaque instant de toutes sortes de questions. Puis, comme elle lui faisait part de son intention de se rendre dès le lendemain au grand marabout de la ville en habit de simple servante pour y passer un temps à prier et appeler la miséricorde du ciel, elle le chargea de l'y conduire. Mais il lui fit valoir qu'une telle sortie ne pouvait se faire sans la permission de son maître.

Le hasard voulut que celui-ci rendît visite à Warqa le soir même. Il se réjouit des signes de vigueur manifestés par son épouse du fait de la présence de Khawda à ses côtés, puis s'assit et, tout en observant la jeune peule à la peau dorée, il se dit que son agilité lui donnait presque l'air de ne pas toucher le sol avec ses pieds. Quant à sa politesse, elle confirmait les éloges de Warqa qui la disait « mère de tous les arts ». C'est pourquoi le cadi fit montre de louange, d'admiration et d'un grand attendrissement lorsqu'on lui raconta qu'elle avait perdu son mari en captivité et avait dû laisser sa fille dans la maison d'Ibn al-Hafid. Aussi, en vue de faire plaisir à Warqa, promit-il d'écrire au gouverneur de Tarifa, en Andalousie, pour lui demander d'enquêter sur le prisonnier *slawi* * et de le racheter s'il était encore en vie, allant jusqu'à insinuer qu'il réservait à Khawda une faveur s'il s'avérait que son époux avait bel et bien été assassiné.

Dès cet instant, Warqa sentit grandir son amour pour cet homme qui ne savait quoi faire pour la satisfaire. Toutefois, elle réprima au fond d'elle-même un pincement de jalousie lorsqu'elle s'imagina que la faveur dont parlait le cadi consistait à marier sa suivante à un mâle entier du gabarit de Fâtih et à la rapprocher de sa fille restée à Salé.

Mais pour l'heure, le cadi la laissait libre de dicter à Fâtih tous les ordres qu'elle voulait, lui promettant la venue d'une servante achetée récemment sur le marché aux esclaves de Taza, qui serait d'autant moins suspecte de malveillance qu'elle serait sans lien avec les personnes soupçonnées de vouloir intenter à sa vie.

Warqa refleurissait jour après jour. À chacune de ses visites, le cadi lui découvrait une robe d'inspiration nouvelle, conçue de toute évidence avec Khawda. Tout dans ses paroles et dans ses attitudes lui certifiait que ses complexes s'étaient envolés et comme, partant de là, elle ne voyait plus ce qui pouvait encore le freiner, elle semblait résolue à le satisfaire au-delà de ses prétentions ou de ses exigences. Elle avait toujours quelque chose de neuf à lui offrir, avec une dévotion et un ravissement qu'elle voyait comme des grâces du destin.

Khawda réalisa son projet de sortie au grand marabout le lendemain en fin d'après-midi. Sous les quatre pans de tuiles, tout autour de la balustrade du tombeau tendu de soie verte et des grilles festonnées de pommes et de sphères dorées, elle trouva comme elle se l'était imaginé une nuée de femmes échangeant entre elles des discours absorbés par la rumeur des récitateurs de Coran et les voix des mendiants infirmes et éclopés en tous genres. On eût dit que chacune déballait à l'autre sa boîte à secrets et, fait le plus remarquable, se métamorphosait sans sentir l'effet salutaire que l'âme du saint insufflait à sa voisine, de sorte que chaque commère ressortait dans une humeur différente de celle où elle était entrée.

Elle s'approcha d'un petit groupe de femmes sous les traits de qui elle devina les chasseuses de rumeurs et les maîtresses du colportage de la ville, de celles qui battent les quartiers en trouvant mille prétextes pour s'en faire ouvrir les portes, tantôt ravaudeuses de sentiments, tantôt briseuses de ménages ; marchandes de faux antidotes, courtières de rédacteurs de carrés magiques et de talismans, créatrices d'un marché aux esclaves parallèle fermé aux agents de l'octroi et à la police des marchés. Son souci était d'en trouver quelques-unes parmi elles à qui acheter des renseignements sur al-Jurâ'î et son maître le sultan et elle ne quitta pas l'endroit avant d'être sûre d'y avoir trouvé mainte pourvoyeuse de la marchandise recherchée.

Comme, le vendredi suivant en fin d'après-midi, elle revenait sur les lieux munie de quelques dirhams de bon aloi, elle aperçut, debout dans l'angle de la porte, une femme que tout dans l'abord et la posture disait insoucieuse des inspecteurs du quartier. Une beauté criante en vérité, une allumée indifférente aux gens autour d'elle; peut-être une de ces gloires déchues reléguée après coup par quelque prince ou haut personnage de l'État! Khawda chercha d'abord à se renseigner sur cette effrontée qui souriait à chaque pèlerin et dardait sur la foule les traits de ses larges yeux noirs. Elle était en fait bien connue. Depuis que son époux, l'un des chefs de la garde du sultan, l'avait négligée au profit d'une seconde épouse, elle était devenue la diablesse qui hantait tous les vendredis cet espace sanctifié au point qu'on l'avait surnommée « La mangeuse de sainteté ». On racontait en effet qu'un pieux homme de la montagne d'Azgen proche de Fès s'était tant absorbé en prières qu'il avait acquis la faculté de voler et que, un jour qu'il était descendu à Fès par ce moyen, il avait perdu sa pureté du simple fait de l'avoir regardée et avait dû louer un âne boiteux pour le remonter sur ses sommets.

Khawda en apprit au cours de sa sortie bien plus qu'elle n'imaginait sur al-Jurâ'î et sa maison. Elle tressaillit même de la tête aux pieds en s'entendant raconter par l'une des rapporteuses de nouvelles comment le sultan avait passé sa dernière veillée à ironiser sur al-Jurâ'î et son mariage à Salé et à le bêcher avec « certains détails » mentionnés à son sujet dans la correspondance du gouverneur; à quoi la maligne ajouta pour clôturer son rapport que Sa Hautesse avait blâmé le cadi d'avoir dit: « Aucune femme de la maison du sultan n'égale Warqa en beauté! »

En vérité, la mouche rapporteuse disait vrai quant aux traits qu'al-Jurâ'î avait essuyés. Dans l'assemblée du sultan se trouvait cette nuit-là un convive mordant dont les grands serviteurs redoutaient l'âpreté, tant il était passé maître dans l'art de les amoindrir et de les humilier. S'adressant à al-Jurâ'î, il lui dit : « Conseiller ! nous nous sommes laissés dire que, la première fois que tu as entendu Warqa, tu t'es mis à chanter Nouri [7] mais que tu lui as fait injure en amputant son poème d'un vers qui t'inspirait de mauvais présages. Or ce vers, quel est-il ? »

Voyant que le prince emboîtait le pas à la moquerie et qu'il n'y avait pas d'autre issue que de dire le vers, al-Jurâ'î déclama :

Parlant d'une amitié et d'un temps d'allégresse
Elle a pleuré d'ennui, éveillant ma tristesse

Avant d'ajouter :

— Je l'ai omis par crainte de lui prédire des jours sombres !

— Peut-être, commenta le sultan, ne t'a-t-elle pas laissé assez de raison pour continuer à exercer ta fonction !

Al-Jurâ'î en fut saisi d'effroi. Mais le sultan l'entretint aussitôt d'une affaire sérieuse touchant les intérêts suprêmes de l'État dont il avait seul qualité pour assumer la charge.

De retour à la maison, Khawda cacha à Warqa tous ceux de ces bruits capables de l'inquiéter, bien décidée toutefois à éplucher avec elle chaque parole que lui dirait le cadi lors de sa prochaine visite.

L'idée fit mouche. Elle vit même se confirmer les dires de son informatrice du tombeau lorsque Warqa lui apprit la fois suivante que le cadi s'était montré d'humeur attristée et avait

---

7. Abû al-Hasan al-Nûrî (m. 840), poète soufi bagdadien.

ajouté à son délire la répétition de phrases du genre : « Je crains les loups pour toi ! Je crains les loups pour toi ! »

Lors de sa sortie suivante au tombeau, la moucharde lui apprit que le cadi commençait à parler du sultan, à critiquer ses dépenses somptueuses pour la construction de médersas, avec tout ce que cela signifiait de pertes pour les finances de l'État et, pour les sujets, d'impôts supplémentaires ; avant d'ajouter que, de l'aveu même du cadi, le sultan avait négligé son conseil de renoncer à son projet de campagne armée vers les confins orientaux en vue de ramener les tribus bédouines à l'obéissance ; qu'il avait commencé à enrôler troupes et serviteurs pour les besoins de la cause et que cette campagne le retiendrait longtemps absent, nonobstant le danger que cela supposait du côté des prétendants au trône, à commencer par le prince héritier à qui il tardait de prendre sa place.

Contrairement à son habitude, al-Jurâ'î resta deux semaines pleines sans rendre visite à Warqa. Elle s'en inquiéta vivement et Khawda qui en savait sur le cadi plus long que sa maîtresse en conçut de la peine. Pourtant, un jour, à midi, il arriva et, après avoir invoqué les travaux préparatoires de la campagne des marches orientales qui le retenaient au palais, il frappa dans ses mains et Fâtih entra, chargé d'un coffret rempli de précieux trésors.

Désireuse d'exprimer le plus complètement possible à son époux la joie et le ravissement que ces cadeaux lui procuraient et de le surprendre avec une facette ignorée de son talent qui lui avait été cependant suggérée, Warqa fit signe à Khawda d'aller chercher sa guitare [8], l'un des derniers objets personnels qu'elle lui avait rapportés de Salé et, tandis que le cadi s'arrêtait de boire en la regardant bouche bée, Chama s'assit droite sur une banquette, accorda son intrument et en

---

8 . I.e. la guitare mauresque, proche du luth à trois cordes, connue au Moyen Âge.

pinça les cordes en chantant de cette voix qui charmait tant son maître grenadin de la maison d'Ibn al-Hafid :

Parfaite est la manière dont elle est tournée
Tout tremble par le bas, tout frémit par le haut
Dès qu'elle fait un pas, j'invoque le Très-Haut :
« Fais de moi cette terre qu'ont foulée ses pieds ! »

Le cadi se leva et, dansant, s'exclama : « Je suis cette terre ! Je suis cette terre ! » Puis, s'inclinant vers elle transporté, il chanta :

Warqa a appris les pleurs et la complainte
De Jacob [9] et d'Ishâq [10] à chanter

avant de demander : « Comment as-tu pu me cacher si longtemps une telle perfection dans le chant ? » Puis il baissa la tête, affecté, comme si une blessure en lui s'était rouverte. La chanson de Warqa figurait sa beauté et il souffrait de son impuissance à l'honorer à sa juste valeur. Comprenant qu'elle l'avait piqué là où le but était de l'émouvoir, elle égrena un air triste et chanta de cette voix qui plaisait à sa maîtresse :

Fais front si jamais le sort t'est contraire
La patience est le jardin du croyant
Il en va du luxe et de la misère
Selon les décrets du dieu Tout-Puissant !

---

9. Les complaintes de Jacob sont évoquées dans le Coran (XII, 86).
10. I.e. Ishâq al-Mawsilî (m. 850), fils d'Ibrâhîm al-Mawsilî, musicien attitré du calife abbasside al-Ma'mûn.

Avant de partir, le cadi apprit à Warqa qu'une délégation du sultan du Mali, l'un des pays du Soudan, entrerait bientôt dans Fès en grand équipage, porteuse d'un présent pour Sa Hautesse et que Fâtih les conduirait sous un déguisement, elle et Khawda, dans le logis d'un marchand surplombant la rue affectée au passage du cortège pour y jouir du spectacle à leur guise.

Ravie par ce qu'elle venait d'entendre, Warqa fit comprendre au cadi qu'elle voyait d'autant mieux ce qu'une telle sollicitude signifiait de reconnaissance envers le rôle joué par Khawda dans le regain de sa sérénité et dans le bien-être apporté à leur union que les porteurs du présent à la Résidence étaient du pays de sa suivante et de la même lignée que sa mère.

Elle frappa dans sa paume et Khawda parut devant eux, surprise par l'heureuse nouvelle qui lui évoquait les récits maternels de son enfance sur le pays toucouleur, sa descendance en ligne directe d'une très ancienne famille princière musulmane du fleuve Niger ruinée par des nomades du nord du Sahara aux années de sécheresse, ceux-là mêmes qui avaient capturé indûment les membres de sa famille pour les vendre sur les marchés aux esclaves du nord.

Au jour promis, déguisées en Bédouines vendeuses d'articles de tissage, Warqa et Khawda accompagnées de la nouvelle servante gagnèrent leur poste retranché sous la conduite de Fâtih.

Armés de lances et de dards, des soldats de la garde du sultan jalonnaient les ruelles du centre de Fès; des cavaliers allaient et venaient dans les rues réservées au passage des Soudanais, les citadins se pressaient en rangs de chaque côté des voies et les dames de tous les quartiers proches et éloignés remplissaient les terrasses des maisons avoisinantes.

Passé midi, l'écho lointain des tambours annonça l'arrivée du cortège aux abords de la ville. Le sultan comptait bien que le spectacle en imposerait suffisamment à ses sujets pour les persuader de son influence jusque dans les contrées les plus reculées du Mali, les inciter par là à tous les sacrifices pour le succès de sa campagne des marches orientales et, sur cette lancée prometteuse, à consentir le nécessaire en vue de la victoire espérée en Andalousie.

Dans leurs plus beaux costumes brodés, tenant à la main leurs hautbois criards, des cavaliers de la garde du sultan ouvraient le cortège, suivis d'un premier corps de Soudanais composé de danseurs à demi nus et d'une section de joueurs de tambourins et de castagnettes de cuivre. Derrière eux roulaient des fardiers surmontés de grandes cages contenant fauves et grands carnassiers, ainsi qu'une cohorte d'esclaves amenées au nombre des présents, vêtues de longues tuniques blanches, de bonnets multicolores en forme de crête de dindon et de colliers d'ambre précieux suspendus à leur cou, qui, balançant leur corps de droite et de gauche dans un mouvement gracieux, chantaient un chant d'une beauté poignante tandis que les reflets du soleil sur leurs dents blanches leur donnaient l'éclat de l'argent.

Puis vint le tour de cet animal à la forme et à la taille prodigieuses : la girafe au port princier, qui allait d'un pas lent en tordant son cou de droite et de gauche, indifférente aux spectateurs et aux réactions d'angoisse ou de frayeur qu'elle pouvait engendrer. Avec elle, la surprise et l'émerveillement furent portés à leur comble parmi la foule des spectateurs, hommes, femmes et enfants sans distinction.

Venait ensuite la clique des sorciers avec leurs couronnes de plumes et leurs jambières de paille, leurs fronts matachés de signes biscornus aux encres multicolores, qui insinuaient par le geste à la foule qu'il leur suffisait de jeter leurs bâtons pour qu'en sortissent des serpents.

Marchaient à leur suite la troupe des jongleurs de feu, puis celle des guerriers armés de boucliers ; enfin, refermant l'ensemble, une file de chameaux lestés de charges d'or portées en offrande à la Résidence du sultan.

Tout en suivant avec elle le passage du cortège, Warqa faisait écho aux rires de Khawda et répondait à ses larmes, tandis que la frappe des tambours leur chavirait le cœur. Et n'eût été cette intime communion entre les deux femmes, nul doute que Warqa eût été plus curieuse des venelles de la ville que du spectacle des Soudanais !

Après une semaine complète d'absence, al-Jurâ'î rendit visite à Warqa. La nuit touchait à sa fin. Il la réveilla en sursaut ; elle se leva et, alors qu'elle revenait de faire ses ablutions, il demanda un rob accompagné de miel et glosa plaisamment avec elle sur le spectacle des Noirs tant et si bien qu'elle se détendit. Après quoi, l'expression grave et le sourcil froncé, il frappa dans ses mains ; Khawda apparut et, lorsqu'elle fut entrée, il dit aux deux femmes :

— La campagne du sultan vers les marches orientales commence dans trois jours. Je suis de ceux qui quitteront la ville aujourd'hui même pour précéder Notre Maître vers son port d'embarquement. Chama ! Sa Hautesse tient à te compter dans son auguste cortège. Tu feras partie de la grande suite ; Zayda ma servante et Fâtih assureront ton service pendant tout le voyage et une favorite de la résidence du sultan partagera avec toi une cabine du bateau appelé *Le bonheur des rois*. Quant à Khawda, elle retournera chez son maître Ibn al-Hafid jusqu'à notre retour par la grâce de Dieu.

Ces mots, avec leur tonalité grave et péremptoire, dévoilèrent aux deux femmes le visage effrayant sous lequel le conseiller du sultan se révélait de temps en temps, tels des affleurements de sa virilité politique négatrice s'il le fallait de tous les sentiments. Mais il n'était pas seulement apparu comme le simple vecteur d'ordres réglés dans les moindres détails. Lorsqu'il s'éclipsa en un clin d'œil, il avait suggéré à Warqa la tranquille assurance que, malgré le contenu parfois étrange de ses paroles, il était l'homme qui veillerait sur elle jusqu'à son dernier souffle.

4

Le voyage jusqu'au port du nord-est de Fès prit huit jours, la traversée trois mois. La flotte avançait par étapes, attendant pour reprendre le large que les armes à pied l'eussent entièrement rattrapée par voie de terre et après qu'on se fut assuré que les tribus, gouverneurs de province et alliés jalonnant le périple s'étaient acquittés de toutes les redevances, corvées et facilités qui leur incombaient.

Mieux qu'elle n'avait pu le faire pendant le voyage de Salé jusqu'à Fès, Warqa découvrit la noblesse de Zayda et son entier dévouement à son maître. Elle découvrit le calme plat de la mer et ses sursauts, les caprices des vents, la dureté des capitaines et le supplice des rameurs, tout cela, au milieu d'un essaim de femmes d'une grande beauté et d'une suprême élégance qui paradaient dans leurs toilettes de favorites, entourées de servantes plus habiles que toutes celles qu'elle eût jamais rencontrées et dont le fracas houleux de la mer n'altérait ni l'allant ni la fraîcheur.

Les trois bateaux transportant le harem chamarré de races et de couleurs, composé en majorité de femmes de la Résidence et, pour une moindre part, d'épouses des hauts dignitaires accompagnées de leurs servantes et de leurs eunuques, abordèrent dans le port principal des marches orientales. Une fois débarquées, les passagères furent conduites sous l'escorte d'un petit groupe de cavaliers jusqu'à un palais extérieur à la capitale du lieu, où elles furent soumises à une règle stricte n'autorisant de mélange entre les dames des différentes maisons que lors des sorties au bain ou des divers spectacles auxquels elles assistaient sous les tentes dressées dans la cour du bâtiment.

Lorsque, au bout de trois mois, nul du sultan ou des dignitaires n'eut été aperçu dans l'une des chambres et des alcôves, le bruit commença à courir que, suite à la trahison d'un cheikh bédouin allié, la campagne avait échoué, que l'armée à pied avait regagné Fès par voie de terre et le sultan au milieu de son illustre flotte, laissant le harem exposé aux convoitises ennemies.

La rumeur grandit dans le palais, au point que, un beau matin, alors que les chefs du sultan avaient fait rassembler les occupantes en un large cercle, deux soldats de taille gigantesque se portèrent au-devant d'une femme blanche et d'une esclave noire mêlées à l'ensemble et les traînèrent jusqu'au centre dudit cercle les mains liées dans le dos ; après quoi l'on apporta une potence de bois à laquelle elles furent successivement attachées et frappées de vingt coups de fouet par-dessus leurs habits sans autre forme d'explication, même si chacun comprenait que la terrible rumeur qui avait bouleversé le harem leur était attribuée.

Après deux jours d'une poignante angoisse, on donna l'annonce du départ. Warqa fut du premier bateau à lever l'ancre, un gros et robuste vaisseau présumé loué par le sultan au gouverneur de Sicile et dont la majorité de l'équipage composé de capitaines et de soldats chrétiens parlait un jargon mêlé d'arabe et de roman.

Lorsque, à mi-parcours, on vit la mer rejeter des fragments d'épaves et, plus encore, des objets précieux, des vêtements et des cadavres humains, la terreur gagna de nouveau les épouses inquiètes pour leurs maris. Puis, après plusieurs jours d'avancée au milieu de ces débris, la certitude s'ancra qu'une catastrophe marine causée par des vents furieux et un violent ouragan avait balayé une partie de la flotte du sultan ; enfin, que de cris et de hurlements retentirent lorsqu'on vit poindre à la surface de l'eau les insignes des hauts commandants de l'armée ainsi qu'une grande plaque de bois qui n'était autre que l'enseigne du *Bonheur des rois* !

Le commandant préposé à la garde du harem, répondant au nom d'Ibn Mubârak, s'avança alors sur le pont et, empoignant une esclave qui criait à tue-tête, faillit la jeter par-dessus bord sous les yeux des nobles dames présentes sur le bateau.

Pendant des jours, la masse colossale du navire affronta les lames. Interdiction fut faite aux femmes d'accéder aux étages supérieurs et aux bordures du pont situées au-dessus de l'eau. Certaines d'entre elles, de constitution frêle et délicate, par l'effet du manque d'air et d'un terrible mal de mer qui leur vidait constamment l'estomac, passèrent rapidement à l'état de cadavres. Beaucoup souffraient de maux de tête, pour certaines accompagnés de fièvre. Toutefois, ces souffrances distrayaient celles qui les éprouvaient de l'immense frayeur qui s'emparait des autres à chaque inclinaison, à chaque embardée, à chaque craquement, à chaque arrêt du bateau. Aussi bien ignoraient-elles si la route qu'elles suivaient était celle de leur pays ou si elles étaient d'ores et déjà la proie de quelque corsaire déterminé à les vendre sur les marchés aux esclaves chrétiens ou à des Arabes du Maghreb central trafiquant l'or du Soudan.

Quelques servantes du harem requises aux étages supérieurs et sur le pont pour servir les capitaines et préparer la nourriture s'arrêtaient un instant et restaient aux aguets pour voir ce qui interdisait à leurs maîtresses de jouir du spectacle de la mer. Des milliers de fragments d'épaves rejetés par le flot venaient battre les flancs du navire dans sa course. De leur crête, les vagues arrachaient les insignes des grands officiers de l'armée musulmane comme les vainqueurs dégradent les vaincus puis les roulaient précipitamment en leur sein.

Des corans et des livres flottaient à la surface de l'eau qui les feuilletait comme un grand exégète. Des bandes d'oiseaux piquaient çà et là sur le rivage ou criaient à la frange des vagues pour entailler de leur bec des formes ballottées par la houle et que les marins avertis se désignaient du doigt comme des cadavres humains. Et voici que ces charognards engloutissaient les lambeaux de leurs têtes brisées par le naufrage après que les ongles de la mort les avaient portées à leurs serres comme des offrandes de premier choix !

Tout ici, en vérité, perdait sa consistance et sa dignité, hormis la peur ambiante et la violence des gardes du sultan en charge du harem, qui tentaient de le contenir et de le dominer.

L'angoisse fut portée à son comble jusque dans le cœur du plus brave de ces derniers lorsque le vaisseau sicilien croisa un autre bateau chrétien venant en sens inverse et lorsque, après une série de signaux échangés par drapeaux, le capitaine embarqua dans une chaloupe pour rencontrer son pendant sur le bateau voisin.

Au moment où les Musulmans redoutaient que la rencontre n'eût pour but de négocier l'intention supposée de capturer le harem et de l'emmener en terre chrétienne, une demi-journée plus tard, le capitaine sicilien revint aviser Ibn Mubârak que les nouvelles en provenance de Ceuta, telles du moins qu'il les tenait de son collègue, confirmaient que, si le désastre de la flotte du sultan avait été réellement effrayant, le seul navire arrivé jusqu'alors à bon port était celui de Sa Hautesse, à ceci près que son fils l'avait déposé et s'était fait donner l'investiture à Fès sous la protection de plusieurs tribus du Maghreb.

Mais le commandant Ibn Mubârak préféra taire la nouvelle et alla demander à l'une des épouses du sultan présentes sur le pont de collecter quelques livres de bijoux en or pour s'assurer la fidélité du capitaine à son engagement de conduire les femmes au port de Mazamma *.

5

Le harem arriva à Fès dix jours plus tard. Cantonné à Taza, Ibn Mubârak avait reçu toutes les instructions sur la conduite à suivre. L'heure de l'entrée dans Fès avait été prévue pour minuit et l'assemblée féminine au complet s'installa dans un palais dont la règle et les visages étaient devenus étrangers à toutes celles qui l'avaient connu précédemment.

Le lendemain, des chefs de la garde, des notaires et des matrones au service de la Résidence se présentèrent et, ayant fait chercher les rescapées des marches orientales, fixèrent à chacune son destin conformément aux ordres du nouveau sultan.

Dans une atmosphère de Jugement dernier, on les fit appeler une à une, en commençant par les favorites du sultan destitué, suivies des épouses des dignitaires naufragés de la flotte, sans que les unes ni les autres connussent rien de ce qui s'était passé. Chaque fois que l'une d'elles apprenait sa condition de veuve en même temps que le sort qui lui était réservé, elle tombait évanouie. Et quand on appela Chama, fille d'al-'Ajjâl, veuve d'al-Jurâ'î, elle resta digne et eut seulement ces mots : « De Dieu nous venons, à lui nous retournerons » [11] !

On l'enregistra comme un vulgaire objet dans l'inventaire de succession de son époux défunt et on l'aliéna à son nouveau maître qui ordonna qu'on lui fît porter le deuil et qu'on l'inclût au nombre des servantes d'Oumm al-Hurr, sa marâtre, jusqu'à l'expiration de sa retraite légale.

À peine était-elle entrée dans sa nouvelle demeure, que les suivantes la mirent en garde contre toute manifestation de tristesse préjudiciable à l'atmosphère de fête entourant l'intronisation du sultan, après quoi l'une d'elles lui enjoignit de se rendre à l'étuve et de revêtir la tenue de rigueur avant de se présenter le soir à sa maîtresse.

Dans l'étuve, elle put cacher ses larmes et sangloter librement, en se disant que, peut-être, l'échec de l'aventure lui avait sauvé la vie et qu'al-Jurâ'î, en sombrant dans les flots, avait pensé à son avenir avec ceux qu'il qualifiait de loups.

Assise sur une banquette princière au centre d'un vaste salon où trônait un lit orné de pierreries, sa nouvelle maîtresse, par la pureté de ses traits, la magie de son regard, sa gravité excessive pour une femme d'un peu plus de la cinquantaine, exhalait les signes d'une royale majesté.

Chama baisa les pieds d'Oumm al-Hurr qui lui indiqua de s'asseoir sur une banquette en face d'elle tout en ordonnant

11. Coran, II, 156.

à une autre de se retirer. Elle ne douta pas dès le premier regard que cette noble dame savait tout d'elle et l'avait choisie elle-même parmi les familles endeuillées des dignitaires de son mari disparu. Aussi bien, cette dernière s'attacha-t-elle d'emblée à lui rasséréner le cœur en lui disant qu'elle connaissait Tahira, sa bienfaitrice, l'épouse d'Ibn al-Hafid et à lui faire comprendre qu'elle ne ferait pas d'elle sa servante mais l'associerait à son intime compagnie.

Chama vit que la première épouse du sultan déchu était aussi la première à se soumettre – non sans peine ni amertume! – à l'interdiction officielle d'évoquer ne fût-ce qu'indirectement le règne de ce dernier et la faillite de sa campagne orientale. Quant à Oumm al-Hurr, quelques jours lui suffirent pour se persuader que, par sa beauté, sa politesse, ses capacités non seulement dans le service mais dans la conduite des affaires d'une maison – fût-ce à l'échelle d'un palais tout entier, Chama était digne des faveurs et de la familiarité qu'elle voulait lui accorder.

Il n'était pas rare que, levant les yeux sur la dame des lieux, elle la surprît en train de la regarder fixement, comme si elle eût voulu lui dire quelque chose qu'elle ne jugeait pas bon de lui révéler eu égard à son deuil et à sa blessure encore fraîche.

La maison d'Oumm al-Hurr était régie de telle sorte que chaque jour de la semaine y était voué à une tâche particulière, cela, afin de rompre la monotonie, de se changer les idées et d'accomplir les bonnes œuvres conformes à l'image de piété attachée à son rang.

Le vendredi, on délivrait les aumônes: couffins de victuailles envoyés en cachette aux abstinents astreints à la pauvreté, jattes de nourriture portées dans telle et telle mosquée, dirhams dispersés dans les troncs de tel et tel marabout, oboles octroyées aux récitateurs de Coran et aux âmes innocentes, aides aux détenus libérés des prisons et des asiles d'aliénés, aux habitants du quartier des lépreux et aux infirmes, sacs de fruits secs distribués aux enfants aux portes des cimetières.

Le samedi, Oumm al-Hurr allait en compagnie de ses suivantes et de ses grands serviteurs présenter ses salutations au sultan, revêtue pour cela du grand appareil : une robe de la plus parfaite élégance soumise à l'approbation des préposés à l'étiquette du palais. Le tour d'Oumm al-Hurr dans l'ordre des préséances venait après sa coépouse, la mère du nouveau sultan, ainsi que les dames de sa suite ; venait ensuite celui des enfants, garçons et filles, puis de quelques grands familiers, chacun selon son rang, les autres enfants n'étant admis à saluer qu'à l'occasion des fêtes.

Pendant le salut, le sultan interrogeait les dépensiers de chaque maison sur la rente, la dette et les besoins. C'était l'instant des requêtes, des assignations, des compensations, du règlement des litiges et des conciliations. C'était aussi l'occasion d'exprimer poliment à Sa Hautesse les plaintes que les cadis de la Résidence n'avaient pas qualité pour juger, de lui présenter ses condoléances pour la mort de ses plus proches parents et de demander son consentement sur les mariages et les prénoms des nouveaux-nés.

Le dimanche, Oumm al-Hurr allait en promenade dans les jardins du palais ou dans les domaines du sultan hors les murs de la ville, désignant à chaque fois les personnes aptes à l'accompagner et proposant les mets susceptibles d'être transportés dans des marmites et servis en plein air, dans les cabanes des vergers ou sous les tentes. Elle autorisait parfois un petit nombre de ses favorites à descendre aux plans d'eau et à s'y promener dans une barque conduite par de jeunes rameurs, l'occasion pour elles de cueillir les fruits frais de la saison ou de choisir les fleurs dont le suc leur fournissait des parfums.

Le lundi, quelques servantes émérites s'attelaient à la confection de pâtisseries variées ainsi qu'à la préparation et à la vérification des conserves. Chaque cuisinière s'illustrait dans un genre de gâteau particulier qu'elle s'appliquait à enrichir de fioritures et de saveurs nouvelles, tirées de parfums de plantes et de substances édulcorantes comme le sucre de canne, le miel et autres choses du genre. Une fois cuites, elle les rangeait en fonction de leur saveur dominante : sucrées, salées ou amères ; de leur communauté d'origine : musulmanes ou juives, citadines, bédouines sahéliennes ou sahariennes ou d'après leur provenance extérieure : andalouses, orientales, soudanaises, le but de chaque ouvrière étant de faire honneur à sa maîtresse le jour où on lui demanderait de préparer pour la Résidence le genre de sa spécialité.

Le mardi, les femmes de l'entourage d'Oumm al-Hurr goûtaient toutes sortes de réjouissances et de spectacles. Comme les travaux de cuisine, de réfection des lits et de ménage s'achevaient aux alentours de midi, le déjeuner terminé, on disposait les vases à boissons, on allumait l'encens en bâtons dans les encensoirs et préparait les asperseurs à parfums ; on apportait les intruments de musique, les demoiselles de la maison instruites dans l'art musical, le répertoire des chansons, la poésie ancienne, le *zajal* * et le *melhûn* * des tribus prenaient place et, sur un signe de leur maîtresse, entamaient le chant qu'elle leur suggérait. Souvent même, elle les laissait s'amuser à citer la chanson de leur choix et libérer leurs impulsions dans la danse et l'extase, à moins que la résidence ne leur eût envoyé une troupe masculine qu'elles regardaient de derrière les rembardes, les balcons ou dans l'ombre épaisse des tentures.

Le mercredi, on se rendait au bain et chez les dames d'atour, on préparait des onguents cosmétiques et allait glaner les nouveautés des parfumeurs du palais en s'échangeant des flacons; on fabriquait des cure-dents et consultait le médecin sur ses petits maux intimes.

Le jeudi, entre la fin de l'après-midi et le coucher du soleil, toute la maisonnée se retrouvait dans le grand salon pour psalmodier des louanges et dire des *dhikrs** . La récitation du Coran par des récitantes débutait cette séance que seules les porteuses d'excuses légitimes étaient autorisées par Oumm al-Hurr à manquer.

Cette noble maîtresse avait eu assez de mérite et de savoir-faire pour marier toutes les filles de son entourage, à l'exception de quelques servantes débutantes à peine entrées dans le cycle de leur puberté. Aussi régnait-elle sur les cœurs de cette petite société qui lui était devenue étroitement attachée depuis les quelques années avant sa déchéance où le sultan son époux l'avait quittée pour de nouvelles voluptés.

6

La retraite légale de Chama touchait à son terme quand vint l'ordre du sultan d'envoyer Oumm al-Hurr en pèlerinage avec la permission de se faire accompagner des suivantes de son choix.

Elle désigna dix d'entre elles, parmi lesquelles Chama. Le sultan signifia son accord deux jours plus tard, puis donna ordre d'équiper la caravane, la fit charger d'un présent pour le gouverneur de l'Égypte et nomma à sa tête l'un des hauts dignitaires du palais.

Oumm al-Hurr veilla ce soir-là au côté de Chama plus tard qu'à son habitude. Comme elles évoquaient la personne d'al-Jurâ'î, elle épia sur son visage l'émotion causée par sa sincérité candide puis, ne craignant plus de la heurter au sort qu'elle lui préparait depuis le début, elle lui dit brièvement: « Que Dieu libère tes pas, ma fille! »

Le sultan permit à son père de quitter son exil de la côte du Maghreb central pour rencontrer son épouse lors du passage de la caravane par le Sahara mais, frappé d'un mal soudain, il mourut en l'espace de quelques jours.

La caravane d'Oum al-Hurr atteignit l'Égypte en trois mois, suivie par le gros de la cohorte des pèlerins du Maghreb. L'arrivée de la princesse et du présent du sultan avait été annoncée antérieurement par voie de poste. La réception eut lieu pendant une semaine dans l'une des ailes de la citadelle du gouverneur de l'Égypte avec toutes les marques d'honneur et de respect, si ce n'est que quelques-uns de ses demeurés de fils, usurpant sur l'autorité de leur maître, se présentèrent au chef du cortège en lui demandant d'embellir le cadeau des Maghrébins de quelques femmes de la suite, tant et si bien que le cadi zénète d'Oumm al-Hurr, agissant sur le conseil de sa maîtresse, leur acheta quelques Circassiennes sur le marché de la capitale pour être sûr de repartir en paix.

En attendant d'embarquer dans le port d'Aydhab *, le cortège de la princesse fut attaqué par des cavaliers voilés qui enlevèrent Chama et l'une des suivantes d'Oumm al-Hurr. Mais un ascète vénéré de l'endroit, disciple d'un cheikh du Maroc, avait ordonné à ses adeptes de protéger le cortège sur l'espace de son territoire. À peine ce dernier eut-il appris ce qui s'était passé, qu'il lança ses cavaliers dans les quatre directions et, avant la tombée de la nuit, on ramena les deux captives reprises de justesse à une bande d'individus complices du chef de la poste égyptienne qui les conduisaient déjà vers Fostât *.

À chaque station du pèlerinage et de l'expiation Chama retrouvait au côté d'Oumm al-Hurr les penchants spirituels contractés dans son enfance auprès de celle qu'elle avait accompagnée dans ses ablutions et assistée dans ses nuits de prière : sa maîtresse Tahira, l'épouse du cadi Ibn al-Hafid de Salé, d'autant que, contrairement aux autres, elles passaient leur nuit pour moitié à prier, invoquer, supplier et leur journée pour moitié à courir et à tourner [12]. Et quand vint le temps des rituels, leurs deux âmes se sublimèrent pour tutoyer les anges dans les larmes du recueillement.

Le cortège acheva son périple par la visite du tombeau, à Médine et, ici encore, s'opéra la fusion de leurs deux âmes au royaume des repentantes. Un matin, Oum al-Hurr interrogea une à une les femmes de sa suite sur les visions qui leur étaient venues depuis leur arrivée sur la terre du Hidjâz *, attendant pour poser la question à Chama d'être seule avec elle. Le moment venu, celle-ci lui répondit : « A notre retour de la visite au tombeau du Bien-Aimé, je me suis endormie avant le coucher du soleil et je t'ai vue en songe, ô maîtresse, me donner une jument blanche de race grenadine. » Oum al-Hurr sourit et lui dit : « Dieu fasse qu'il en soit ainsi ! »

Alors que la caravane arrivait aux abords de Sijilmasa, Oumm al-Hurr, qui avait souffert du changement d'eau et de la privation des nourritures délicates auxquelles elle était habituée dans ses murs, ressentit plus durement les effets de

---

12. Entendez : la course (sa'y) entre Safâ et Marwa et la ronde sacrée (tawâf) autour de la Ka'ba.

ce qu'un médecin égyptien lui avait désigné dès les premiers signes comme un ulcère à l'estomac.

Sur les hauteurs du mont Fâzâz *, la princesse passa une rude nuit. Au matin, elle fit appeler le chef de la caravane, deux notaires, les rendit témoins de sa reconnaissance envers le sultan pour avoir respecté ses droits et pria devant eux pour sa sauvegarde ; puis elle testa en faveur de ses fils et de ses filles et, après avoir exprimé ses dernières volontés sur le lieu où elle voulait être enterrée, elle fit part de sa requête au sultan de bien exécuter ses vœux en faveur de ses suivantes mariées en les rendant à leurs foyers si elles étaient étrangères et en manifestaient le désir, requérant spécialement pour Chama qu'elle fût renvoyée à Salé dès son retour et placée sous la tutelle du juge Ibn al-Hafid.

Nul ne remarqua le moment où Oumm al-Hurr rendit son âme à Dieu, alors même qu'on s'acheminait aux portes de Fès. Tandis que le sultan s'avançait en personne au-devant du cortège où était son corps, Ibn Mubârak, le chef de la caravane, se posta devant lui et, tout en lui vantant ses exploits pendant le voyage et sur les lieux saints, lui confia le testament de la défunte et son ultime prière.

Le jour de l'enterrement d'Oumm al-Hurr fut à Fès un jour de grande affluence que le sultan mit à profit pour prononcer l'amnistie envers les partisans de son père disgraciés. Après la récitation du Coran en entier et la prière de la Miséricorde [13] au soir du troisième jour, il fit exécuter le testament à la lettre, d'où il s'ensuivit que le cadi de la Résidence écrivit à son confrère Ibn al-Hafid à Salé pour lui demander de placer Chama sous la tutelle de son épouse Tahira par ordre du sultan, en veillant à lui faire parvenir la missive et l'intéressée aux bons soins de deux serviteurs et d'une esclave avisée du palais.

---

13. Celle où l'entourage du défunt invoque la clémence de Dieu en sa faveur.

7

À son arrivée à Salé, Chama trouva le cadi Ibn al-Hafid l'âme défaite, vidé de ses forces et de son prestige. Malade du poumon depuis qu'elle avait quitté sa région de Tadla pour la ville de la côte atlantique située à l'embouchure du Bou Regreg, Tahira avait rejoint son Seigneur deux mois plus tôt à la suite d'une violente crise d'asthme. À sa mort, ses serviteurs s'étaient dispersés, tant et si bien que Khawda avait épousé al-'Ajjâl, le père de Chama, dont elle s'était intimement rapprochée lors de son retour en ville à l'occasion des visites fréquentes qu'il lui rendait pour qu'elle lui raconte la vie de sa fille à Fès.

Quant à Dahmane, le flambeau de sa fierté et qu'il espérait voir lui succéder, il était mort dans d'horribles circonstances. Anxieux de briser le cadi son rival qui le dominait par sa science et son savoir, Jarmûn avait convaincu son fils prénommé de l'accompagner au côté de l'oncle paternel du sultan dans une campagne de collecte de l'impôt auprès de tribus de la région du Sebou. La tournée de recouvrement prenait l'allure de festivités quotidiennes, du moment qu'il appartenait à chaque tribu retardataire de pourvoir à l'entretien de ses hôtes jusqu'à l'acquittement de sa dette. Les réjouissances comportaient entre autres des courses de chevaux disputées entre les caciques de l'armée et les gouverneurs locaux. À chaque fois, Dahmane devançait tous les autres, y compris le prince d'âge avancé, et accaparait ce faisant les youyous des spectatrices. Mais l'ivresse du succès lui fit oublier qu'il le disputait à des hommes remarquables et jaloux de leur personne, au premier rang desquels l'oncle du sultan.

La nuit du deuxième jour de cette tournée, Jarmûn insinua à quelques chefs de l'armée d'inspirer au prince une leçon diabolique aux dépens du béjaune impudent de Salé.

C'est ainsi que Dahmane se retrouva convié à la tente du prince pour se joindre à sa table. On le fit boire à l'excès, lui qui n'avait jamais bu de sa vie et, dès qu'il eut perdu connaissance, on le livra aux turpitudes d'une bande d'esclaves rugueux qui abusèrent de lui jusqu'à ce que mort s'ensuive, sur quoi on le ramena froid à son père en sa demeure.

Après tous ces malheurs, Ibn al-Hafid n'accorda plus guère d'importance aux manœuvres de Jarmûn qui le dépouilla de son autorité à titre de proche de l'ancien sultan et sous prétexte qu'il n'avait pas été reconfirmé officiellement dans sa charge. Mais malgré toute sa bassesse, Jarmûn ne put empêcher les gens de s'assembler autour de son rival pour le réconforter, le consulter, recourir à son arbitrage et se porter humblement à son service. Et puisque la lettre au sujet de Chama était une lettre du sultan, qui lui avait été adressée à son nom, en sa qualité de juge de Salé, force lui était de l'appliquer et d'en envoyer copie à Jarmûn. Pour l'ennuyer.

Le lendemain, le cadi fit donner ordre à l'administrateur des *habous* de Salé d'attribuer à Chama un logement particulier, fit meubler ce dernier et y installa la bénéficiaire en lui assignant contre la volonté de Jarmûn une rente mensuelle payable aux bons soins de l'inspecteur des marchés du port.

Deux semaines après l'arrivée de Chama dans sa nouvelle demeure, il envoya un serviteur à la grande mosquée entre les deux prières du soir [14] pour quérir un certain Ali Sancho qui

---

14. I.e. celles du couchant et de la nuit.

y assistait au prêche tous les jours à la même heure. Ali était le chef des compagnons chargés de la décoration de la médersa du sultan et l'un des maîtres artisans mandés d'Andalousie par Sa Hautesse pour les besoins de l'entreprise. Bien qu'ayant cultivé ses talents auprès du plus grand maître musulman de là-bas, il avait gardé sa foi chrétienne avant d'embrasser l'islam par l'entremise du cadi Ibn al-Hafid deux semaines après son arrivée à Salé, soit six mois environ avant le jour en question.

Sa conversion avait fait événement dans la population. Choyé par les oulémas et les prédicateurs, le nouveau Musulman ne quittait plus la table d'Ibn al-Hafid et, depuis qu'il avait compris le rôle du guide spirituel, entourait le cadi d'une intense vénération. Il n'avait plus qu'une idée en tête : apprendre du Coran autre chose que les simples sourates dont il ornait somptueusement les murs et acquérir les bases d'une foi pleine et entière.

Ali entra dans le petit cabinet de la bibliothèque du cadi et le trouva plongé dans le commentaire d'un ouvrage traitant des œuvres du jour et de la nuit. Ils se saluèrent et, après un échange de propos sur l'arrivée du matériel nécessaire à la confection du décor de la médersa, le cadi lui dévoila la mission pour laquelle il l'avait fait appeler : demander la main d'une femme nommée Chama et l'épouser, Chama dont chacun à Salé connaissait l'histoire et qui défrayait les conversations depuis son retour par recommandation expresse du sultan.

Le cadi expliqua à Ali comment il voyait la marche des opérations, une fois entendu qu'il était prêt à acquitter lui-même la dot, à acheter le trousseau et à meubler la maison *habous* où Chama s'était installée, puis, lui ayant vanté la conduite de l'épousée et l'estime dont elle jouissait auprès de sa défunte femme, il lui présenta la chose comme un décret de la Providence, un cadeau que le ciel lui envoyait après avoir ouvert son cœur à l'islam.

La face de Ali s'illumina. Il se leva pour baiser la tête du cadi, qui coupa court en précisant que la signature du contrat de mariage était fixée au vendredi suivant, sous réserve que Chama accepte et que la date lui convienne, qu'il l'assortissait d'une dotation de cinquante dinars au cours en vigueur à insinuer sur l'acte de mariage, libre restant à l'épouse d'en prêter à son époux autant qu'elle voulait à titre gracieux jusqu'à ce qu'il soit en mesure de les rendre.

Ali parti, le cadi réfléchit un moment et désigna une servante de la maison de ses beaux-parents habitants de Salé au service de Chama ainsi qu'un page pour s'occuper des corvées et garder la porte. Sur quoi il se rendit auprès de l'intéressée pour l'instruire de ses décisions et la consulter sur la question du mariage.

Il ne se présenta qu'après s'être fait annoncer et lui avoir fait porter deux couvre-plats de cuivre abritant le dîner, sachant que son père al-'Ajjâl et son épouse Khawda séjournaient auprès d'elle en ces tout premiers jours de son retour. Il la convia à s'asseoir dans un coin à part et, à des fins de curiosité et d'amusement, l'assaillit de questions sur son ancien époux, sur les périls de la campagne des confins orientaux, la marche de la maison d'Oum al-Hurr et le voyage au Hidjaz.

À la question posée sur son mariage avec Ali, Chama répondit tout comme lui en se levant pour baiser la tête du cadi les yeux mouillés de larmes. Après quoi elle sortit, revint en compagnie de Khawda et de son père; le cadi leur répéta les termes de la demande en mariage, puis subordonna le consentement de la fille à l'agrément du père et de son épouse qui, de retour avec Chama à la cuisine, poussa un youyou révélateur de la complicité entre les deux femmes et assez discret pour ne pas éveiller la curiosité des voisins.

Dès le lendemain matin, avec la bienveillance d'une dame qui habitait la maison voisine de la médersa où Ali travaillait, Khawda inventa une ruse pour permettre à Chama de voir son nouveau mari.

Par un orifice du mur, elle le regarda s'affairer dans le préau ou bien marcher sur la terrasse, séparée de lui d'à peine quelques pas. Dès qu'elle vit son corps vigoureux, son visage éclatant, ses cheveux blonds et ses yeux tirant en apparence sur le bleu, elle fut prise d'une sensation qu'elle n'avait plus connue en présence d'aucun homme depuis son adolescence dans la maison d'Ibn al-Hafid.

Toutefois, craignant d'être remarquée ou parce qu'elle ne soutenait plus cette vision, elle se retira et, les genoux fléchis par l'émotion, s'en retourna auprès de Khawda en se prenant les pieds dans son voile.

À cause de la vieille haine entre Chama et les auteurs du complot de la bouilloire, le cadi préféra n'associer à la cérémonie aucun des membres de sa famille et ce fut une noce sans tambours ni trompettes. Comme à leur habitude, les amis d'Ibn al-Hafid firent fleurir joyeusement autour de la table nuptiale les anecdotes juridiques et littéraires conformes à la situation ; ainsi, faisant allusion à l'origine prétendument espagnole du père de la mariée, tel disait : « Qui se ressemble s'assemble ! », tel autre, à propos de la chance dont Ali était comblé malgré sa jeune foi, évoquait cette parole du Coran : « Il hâte pour vous la conclusion de cette affaire [15] », encore que le parrainage apporté par Ibn al-Hafid à la conversion de Ali et à son mariage avec Chama incitât ses amis les grands

---

15. Coran, XLVIII, 20.

oulémas à respecter son protégé, voire à se réjouir pour lui et à le couvrir de cadeaux.

Pour des raisons qui n'appartenaient qu'à lui seul, Ibn al-Hafid renonça à signer l'acte de mariage et, pour des motifs de doute canonique, confia ce soin à un autre cadi. En effet, le jour même où Khawda s'en revenait de Fès, Tahira lui avait révélé sur le rapport de la servante, un fait qui, s'il était avéré, impliquait dans la situation présente que Chama fût mariée à Ali comme vierge et non comme veuve.

8

La noce terminée et les invités repartis, Ali et son épouse accédèrent à un bonheur sans égal. Il vit que sa foi nouvelle s'affermirait sans cesse au côté de cette femme, qu'elle serait son vrai maître pour les pratiques du culte et qu'il n'aurait plus besoin des muftis des mosquées ni d'aller importuner ses compagnons maçons ou sculpteurs. Entre elle et lui était un secret propice à l'épanouissement de l'amour et de la fidélité qu'ils cultivaient dans le détour d'un regard ; un secret que Khawda était seule à connaître et auquel elle devait s'adapter sans perdre de vue le soin, le respect et l'attention qu'il méritait. C'est pourquoi elle résida chez eux une semaine entière.

Lors d'une discussion badine autour de leur première collation matinale, Ali demanda à Chama de lui pardonner son accent andalou et de fermer les yeux sur ses habitudes de garçon, tout en lui promettant de lui apprendre le parler castillan de sa mère.

Au fil des jours, les gens de Salé apprirent à regarder Ali comme un Musulman accompli. Tous ceux qui avaient affaire à lui voyaient sur son front les signes d'une condensation spirituelle. Les maîtres maçons l'entendaient parler de veillées de prière, de visions à caractère prophétique, de locutions de nature extatique. Il avait perdu envers les apprentis et les manœuvres sa superbe des débuts et ceux-ci voyaient germer sous leurs yeux de nouvelles techniques de peinture et de sculpture sur plâtre. Il allait suggérer aux fabricants de zelliges de nouvelles harmonies de couleurs inconnues dans leur métier et inspirait aux tourneurs la même chose avec le bois. Pour la sculpture des versets évocateurs de la Majesté de Dieu ou des signes relatifs à sa Puissance, il trouvait de nouvelles formes calligraphiques plus appropriées selon lui par leur verticalité à l'expression de la grandeur et, pour les signes de la Miséricorde et les versets de la grâce, de la joie et de la beauté, d'autres styles à dominante horizontale et penchée.

Un beau matin, il arriva décidé à refaire le décor des salles d'étude et des chambres des étudiants afin que leurs inscriptions fissent se côtoyer trois styles représentatifs de ce que devait être le tempérament d'un candidat à la science : des formes contractées propres à inspirer la crainte à son cœur, d'autres épanchées réfutant l'impensable finitude des richesses du Bienfaiteur, d'autres géométriques, expression de la dureté de la loi révélée avec les angles droits qu'elle implique, doublées des symétries sur lesquelles s'échafaude le raisonnement des savants. Chaque fois que, dans une assemblée, on rapportait sur lui des faits de cette nature, les personnes de bonne foi s'accordaient à penser que sa sincérité lui avait ouvert les voies d'une révélation surnaturelle qui imprégnait sa conduite et transpirait dans son art.

Il éblouissait les gens par son imagination débordante. En l'espace de quelques semaines, sa langue était libre de tout accent. Vint alors pour lui le temps d'une complète sérénité. Concentré sur ses motifs ornementaux dans lesquels il versait une partie de son âme, il ne parlait quasiment à personne et commandait à ses aides avec une douceur à laquelle ils n'étaient pas accoutumés. Il en fut ainsi jusqu'au jour de l'achèvement de son ouvrage qui s'annonça comme un modèle de perfection et de beauté.

L'auguste commande n'était pas terminée que déjà la nouvelle parvenait à la Résidence. L'un des hauts conseillers du palais vint inaugurer l'édifice pour lui permettre d'accueillir les étudiants et le sultan nomma à cette occasion les professeurs chargés d'y enseigner. Après la leçon inaugurale, les maîtres maçons, dont Ali, reçurent des récompenses et, puisqu'il était marié et avait décidé de s'y établir, le conseiller lui permit au nom de Sa Hautesse de travailler pour les propriétaires de villas et de riches demeures de Salé qui souhaiteraient faire appel à lui.

9

Ali et Chama étaient mariés depuis un an quand s'achevèrent les travaux de décoration de la médersa du sultan. Le conseiller envoyé pour l'inauguration n'était pas sitôt reparti que Jarmûn s'en prit à Ali en tentant de peser sur l'administrateur des biens de mainmorte pour le faire expulser de la maison *habous* et en ordonnant à l'inspecteur des marchés du port de suspendre le paiement de la rente mensuelle qui lui était assignée.

Ibn al-Hafid déconcertait une à une les menées de Jarmûn contre Ali Sancho. De fait, l'infâme gouverneur était mû par la volonté innée d'effacer tous les privilèges quels qu'ils soient. C'est ainsi du moins que le dépeignaient les habitants de Salé qui approuvaient ce mot d'un jurisconsulte andalou ayant séjourné parmi eux et qui avait eu ouï dire des perfidies de Jarmûn à l'égard des habitants du pays : « Ton Seigneur abattit sur eux le fouet du châtiment. [16] »

À l'automne anniversaire des deux ans de mariage de Chama, Ibn al-Hafid mangea une figue qui lui donna la diarrhée, une forte fièvre s'ensuivit, à laquelle il succomba après plusieurs semaines d'alitement. Sa mort fut une perte pour la ville et pour Chama en particulier.

Sa tombe n'était pas refermée que Jarmûn reprenait ses intrigues contre Ali qui, une fois privé de la rente venue du port et chassé de la maison *habous*, en fut quitte pour louer un cabinet près de la grande mosquée. Chaque jour qui passait montrait à l'évidence que le gouverneur n'en resterait pas là de ses brimades contre le mari de Chama puisqu'il commençait à enjoindre aux notables désireux d'employer ses services de ne pas le faire.

Pendant que Maître Ali souffrait de ce harcèlement, Chama lui faisait valoir la constance qu'impose la vraie religion dans l'épreuve, même si son intuition des malheurs à venir augmentait chaque jour le poids de son inquiétude.

16. Coran, LXXXIX, 13.

Du moment qu'il avait épuisé ses dernières économies et refusait que Chama vendît un seul de ses précieux bijoux, qu'il n'y avait personne en ville pour braver Jarmûn qui lui retirait l'ouvrage, Ali songeait déjà à partir pour une autre ville quand il rencontra un marchand d'Amalfi qui venait vendre à la halle aux huiles de Salé des marchandises telles que tissus, poteries et couteaux de Gênes et acheter en échange de la laine et plusieurs variétés de noix qu'il exportait vers le pays des Chrétiens, ainsi qu'on nommait l'Europe à cette époque.

La halle aux huiles de Salé était une étape connue des marchands étrangers depuis des siècles. Ses bâtiments ne s'étendaient que sur quelques centaines de mètres de long et sa cour ne contenait que trois grandes bascules. Et si le nombre des boutiques de vente et de magasinage n'y dépassait pas la quarantaine, c'est là que le percepteur des taxes du commerce de Salé avec l'étranger avait ses quartiers.

La halle était le centre d'une aire marchande déployée tout autour d'elle, pleine d'entrepôts, d'auberges, de boutiques de vente et de pièces d'habitation. Dans ces lieux perpétuellement animés se rencontraient brasseurs d'affaires, escompteurs professionnels et usuriers déguisés, changeurs et espions en mal de rumeurs. Les habitués de la place étaient de toutes les races et de toutes les religions. Ils se parlaient dans diverses langues et commerçaient aussi bien avec le Sahara, le Soudan, les tribus montagnardes et les villes de l'intérieur qu'avec celles de l'Outre-mer comme Algésiras, Livourne, Béjaia et bien d'autres encore.

Après la mort de son associé de Béjaia où il possédait un plus gros commerce qu'il préférait tenir lui-même à proximité des marchés de son pays et de la résidence de sa famille, le marchand d'Amalfi, propriétaire de deux boutiques-entrepôts au rez-de-chaussée de la halle et d'une chambre au dernier étage, s'était entendu avec Ali pour lui donner son fonds en gérance et faire de lui son facteur à Salé.

Après l'avoir laissé pendant un mois s'initier à la négociation, à la signature des marchés et à la comptabilité, lier connaissance avec plusieurs clients et se familiariser avec l'activité sur le terrain, le marchand d'Amalfi s'en alla, laissant à sa place Ali Sancho qui alla occuper avec son épouse la chambre du quatrième étage de la halle.

Chama emporta dans son nouveau domicile le peu de meubles que l'étroite chambre pouvait contenir. Elle ne pensait qu'à une chose : être à côté de Ali, croyant le protéger ainsi des complots qui s'ourdissaient contre lui. L'idée de comparer son nouveau logement – qui tenait davantage du trou de souris ! – avec le palais d'Ibn al-Hafid où elle avait grandi, la somptueuse maison d'al-Jurâ'î à Fès ou celle d'Oum al-Hurr au palais du sultan ne lui vint même pas à l'esprit. Elle qui n'avait été dans le tourbillon de sa vie précédente qu'un corps à la sensibilité et à la volonté confisquées dans des écrins de marbre et de cristal, voici que, par un juste retour des choses, elle s'ébattait aujourd'hui dans le monde éthéré de la passion, parsemé de frissons d'inquiétude pour ce germe d'amour déposé dans le creux de son âme et qui croissait chaque jour davantage en l'isolant du monde alentour. Ainsi vivait-elle ce mélange fait de passion violente et de peur panique de l'injustice et de l'adversité.

Merveilleuse jeune fille gonflée de sentiments, née et élevée dans une tente de bergers de maîtres, elle avait été la confidente des dames des palais, avait partagé avec elles les chagrins du jour et de la nuit, avait appris d'elles les formes de la civilisation et la façon de lire le Livre. Elle avait vécu les intrigues de maint sérail, été mariée à un homme auquel on ne refusait rien, doté de tous les prestiges, qui lui avait appris à donner plutôt qu'à recevoir. Elle avait connu la peur de la captivité, la vie sur les fronts de guerre des contrées lointaines, vu une mort fatale gravée sur les flots d'une mer déchaînée ; elle avait été veuve d'un mari dont elle ne savait toujours pas s'il était enterré, avait été léguée aux sultans dans la succession de leurs grands favoris ; le destin l'avait protégée de la rouerie des négriers du palais qui gagnent les honneurs en bafouant les dignités, elle avait joui de l'attention d'une princesse accomplie, connu la vie des équipages au long cours, échappé par deux fois aux pièges des marchands d'esclaves, lavé sa conscience ombrageuse de la souillure des autres en baignant jour et nuit de ses larmes la terre de prophétie pour s'élever dans les degrés de l'âme, elle qui, depuis qu'elle existait, n'avait jamais connu que le labeur, la pratique du bien et de la charité ; elle, la force bénéfique, l'âme pure, l'innocence à l'épreuve du sort.

En quelques jours, elle s'habitua à sa nouvelle vie dans la halle aux huiles, avec sa petitesse, son manque de propreté, son vacarme et sa population hétéroclite. Elle avait l'impression, après tout ce qui s'était passé, d'être devenue insensible à son environnement puisqu'elle était elle-même l'espace habité par son compagnon d'âme, cet être qui s'était coulé en elle, et ce qu'elle aurait voulu, c'eût été de voir s'agrandir continuellement cet espace intérieur alors même que celui qui l'habitait occupait sans cesse plus de place et gagnait chaque jour en importance.

Ils n'avaient pas tort ceux qui disaient qu'elle était pour ce jeune converti un don tombé du ciel. Ce qu'ils ne savaient pas, c'était que, rescapés d'un enfer, ils vivaient tous les deux une renaissance et que peu importait, après tout ce qui leur était arrivé, si le mal leur montrait les dents par la face d'un tyran ou d'un cynique. De fait, Chama et Ali étaient entrés dans un temps absolu qui enveloppait à jamais leurs deux existences.

Elle aussi pouvait jurer sur sa foi qu'il la portait en lui autant qu'elle le portait en elle. Elle savait lire dans son livre, redevenu page vierge le jour où il l'avait rencontrée et qui n'avait pas été réécrit depuis lors. D'ailleurs, plus rien de ce qui était écrit dans les livres n'avait de sens. Il leur suffisait, en guise de science, d'en refermer la reliure et de s'étreindre. Ses silences parlaient pour lui. Étranger, il l'avait été bien avant de planter ses racines dans ce pays sûr qu'était son cœur. Cette capacité du cœur à recevoir lui rappelait certaines histoires que leur racontait, à elle et aux femmes de la maison d'Ibn al-Hafid, un prédicateur nommé Abû 'Ishrîn qui leur lisait des livres à haute voix de derrière une tenture. Un jour, il avait parlé du cœur en disant que celui-ci n'était pas ce muscle qui pompait le sang dans le corps mais quelque chose d'invisible, de semblable à une niche ouverte dans un mur, avec, à l'intérieur, une chandelle éclairant ce mur plus ou moins intensément et à la lumière de laquelle les hommes lisaient le monde, autrement dit, comprenaient.

Dans son souvenir, l'homme leur avait dit aussi que cette niche pouvait prendre les dimensions d'une pièce ou bien même d'un palais capable de s'étendre à l'infini par gratitude envers son créateur pour lui permettre d'y séjourner ou de s'y fixer pour toujours.

A la lueur de ce pâle souvenir, elle se dit que seule la gratitude pourrait dilater son cœur aux dimensions d'un palais infini, qu'alors seulement il serait assez grand pour abriter son Ali. Elle ne voyait même pas comment elle pouvait encore le laisser descendre avec son cœur au marché ! Dieu, dans sa bonté, ne lui avait-il pas fait la grâce d'une tendre épouse

71

pour qu'il restât bien tranquillement auprès d'elle ? À partir de là, elle n'arrivait plus à penser son cœur isolément, ni celui de Ali, gros de cette foi immense. Elle en conclut qu'elle lui devait reconnaissance pour avoir créé le sien et l'avoir décoré aussi finement que la médersa du sultan. C'était la chance de leur rencontre qui l'avait sauvée de la fureur des loups et rendue belle pour celui qui la méritait. Oui, dilaté par l'amour et la gratitude, son cœur deviendrait assez grand pour lui ! Mais alors qu'elle s'apercevait que le problème subsisterait tant qu'elle n'aurait pas trouvé de solution au surnombre : elle, lui, le créateur, il lui vint soudain cette pensée lumineuse qu'un autre bon moyen de s'élargir le cœur était de pousser des soupirs et encore des soupirs !

L'entrée de Ali exultant la tira du fond de ses pensées. À peine prit-il le temps de s'asseoir pour lui annoncer qu'il avait reçu le jour même cinq ballots de chéchias et de toques fabriquées à Amalfi et qu'il les avait revendues aussitôt avec un bénéfice suffisant pour tenir plusieurs mois sans son équivalent.

On frappa à la porte. C'était Khawda qui leur faisait sa première visite depuis qu'ils habitaient la halle. Elle sembla émue en découvrant les lieux dont l'aspect misérable lui sauta aux yeux comparativement aux demeures dans lesquelles Chama avait évolué jusque-là.

Elle posa devant sa compagne le beurre et le miel qu'elle avait apportés ainsi qu'un sachet de coques de noix à usage cosmétique. Puis, après l'avoir rassurée sur la santé de son père al-'Ajjâl qui se remettait d'un coup de froid, elle dit qu'elle avait connu la halle, ses habitués et ses lois bien avant l'enlèvement de son époux en mer, puis du temps de son âge d'or, quand la maison d'Ibn al-Hafid se fournissait en ustensiles, en trousseaux de mariage et en articles pour enfants auprès de ses marchands, principalement juifs et chrétiens dont les plus fidèles étaient admis à pénétrer avec les parfumeurs et les joailliers musulmans jusqu'au premier jardin du palais pour y exposer leurs nouveautés aux femmes, surtout celles de leur confession qui ne portaient pas le voile.

Elle prétendit même connaître personnellement ce marchand d'Amalfi qui avait laissé à Ali la gérance de ses affaires et que c'était grâce à l'intervention du cadi Ibn al-Hafid auprès de l'inspecteur des marchés qu'il avait pu abattre la cloison entre les deux pièces contiguës qu'il louait au même étage pour en faire l'appartement qu'ils occupaient à présent.

Tandis que, piquée par la curiosité, Chama cherchait à apprendre de Khawda le plus de choses possibles sur les habitants de cette place qui, par sa promiscuité, lui paraissait on ne peut plus ressemblante avec l'arche de notre Seigneur Noé, elle aperçut par la porte grande ouverte un voisin qui rentrait chez lui : un homme de haute taille, au teint cuivré, habillé de vêtements rapiécés mais propres, qui portait un couffin et dont la chambre faisait face à la sienne. À peine eut-il refermé sa porte devant les deux femmes qui l'observaient du fond de la chambre, que Khawda commença à évoquer sa personne à Chama. Il s'agissait d'un certain Abou Moussa, surnommé « Tamesna » par ceux qui ne le connaissaient à Salé que sous sa *kunya* *. Il ne travaillait pour personne ni ne mendiait, se nourrissait d'algues et avait habité une grotte sur le rivage jusqu'au jour où l'inspecteur des marchés l'avait fait amener dans cette pièce dévolue aux ermites et espérendieux de son acabit, pièce occupée avant lui par un extatique aux manières bizarres communément appelé La'jâj, connu, parmi toutes ses extravagances, pour être arrivé un vendredi dans la cour de la grande mosquée avec une ânesse et avoir commencé à la chatouiller au bon endroit sous les yeux des fidèles qui sortaient de la prière, puis, tandis que les gens s'offusquaient et que certains familiers de ses bizarreries l'interrogeaient sur son entreprise, pour avoir répondu : « Me v'là en train d'boucher la voie d'eau à l'arrière du bateau ! » à ceci près que, comme d'habitude, nul ne prit ses paroles au sérieux vu qu'il passait aux yeux des gens pour un irresponsable qu'on excusait tout comme un enfant.

Ce n'est que le jour où des compagnons du sultan déchu rescapés du naufrage de la flotte avaient déclaré à leur arrivée à Salé que, tandis que le vent avait projeté leur bateau contre un écueil et qu'une fissure s'y était ouverte, par laquelle l'eau s'était mise à jaillir si fort que, désespérant de la colmater, les marins les plus chevronnés avaient commencé à entrevoir le naufrage et une mort certaine, ils avaient vu, comme s'ils l'avaient fabriqué, un homme ressemblant au dénommé La'jâj arriver avec des planches, faire pression sur l'eau, planter des clous et colmater les fissures avec un goudron plus visqueux qu'ils n'en avaient jamais vu, mais que, comme chacun semblait plus préoccupé de sa vie que du reste, nul n'avait songé à l'interroger ou à s'étonner simplement de sa présence ; ce n'est que le jour, donc, où les arrivants avaient relaté l'anecdote et où l'on s'était rappelé la fois où l'illuminé avait tripoté l'ânesse dans la cour de la mosquée en donnant l'explication de son geste, qu'on s'était empressé d'aller l'interroger et qu'on l'avait trouvé mort dans sa chambre.

Le porteur d'eau qui livrait Chama tous les jours à la même heure s'annonça à la porte et elle le fit entrer pour déverser son outre dans la jarre de la chambre, après quoi, se tournant vers Ali, les deux femmes s'aperçurent qu'elles avaient parlé si longtemps qu'il s'était tout bonnement assoupi sur le lit.

Sur ce, elles se saluèrent ; Khawda se retira puis revint au bout de quelques instants en compagnie d'une toute jeune fille aux cheveux blonds prénommée Julia, qui habitait au même étage avec son père, un marchand chrétien originaire d'Alicante spécialisé dans l'exportation des peaux et du tan de l'Outre-mer, arrivé quelques années plus tôt de Gibraltar avec sa fille orpheline de mère. Julia avait appris l'arabe et contracté l'habitude, enfant, d'entrer dans certaines maisons de Salé avec les garçons et les filles de son âge. Sans doute avait-elle passé ainsi des jours et des nuits dans les maisons de Musulmans amis, collègues ou représentants de son père. On l'y recevait pour sa beauté, la fraîcheur de son accent andalou et parce que son prénom évoquait souvent aux Berbères de Salé le sens de « bébête » ou « sosotte » dans leur langue.

En grandissant, Julia devenait rebelle à son père. Quant à lui, las de loger avec sa fille dans une seule et même chambre, de plus en plus anxieux à l'idée qu'il lui arrivât quelque chose en terre d'exil et redoutant par-dessus tout de voir le jour où elle viendrait lui annoncer qu'elle avait embrassé l'islam à l'incitation de ses camarades, il envisageait de sacrifier les profits de son commerce à Salé pour la rendre purement et simplement à son milieu chrétien d'origine en terre musulmane andalouse.

Khawda, qui connaissait Julia depuis son séjour à la halle, du temps où elle n'avait pas encore ses entrées dans la demeure d'Ibn al-Hafid, la présenta à son amie Chama.

Alors que les trois femmes se tenaient debout devant la porte de l'appartement, cachées à demi par la rambarde entourant l'étage au-dessus de la cour intérieure, Julia confia à sa voisine qu'elle se réjouissait d'autant plus de son arrivée dans la halle qu'elle n'y serait plus désormais la seule femme stable et respectable.

Chama ne voulut pas l'interrompre pour lui demander le sens de ses paroles, alors même qu'elle la voyait s'animer à l'idée que son père Pedro avait fait la connaissance de son mari, que celui-ci avait été également ravi de cette rencontre et que, même si Sancho avait changé de nom et de façons depuis sa venue à Salé, il souhaitait en sa qualité de pays parlant sa langue lier une amitié privilégiée avec lui ; tout cela avant de s'exclamer : « Le plus drôle ici, c'est que tout le monde va au même petit coin ! »

10

Le lendemain, alors que Ali était descendu à la boutique pour s'occuper de clients sahariens, le percepteur se présenta pour vérifier le prix des toques vendues la veille. À la fin de chaque calcul, il se montrait perplexe, prétendant que la taxe perçue sur la vente demeurait inférieure au montant exigible. La discussion s'éternisa de telle sorte que Ali se trouva tout bonnement volé à ses clients sans voir aucun moyen d'échapper à l'assaut du visiteur. Comme ce dernier parsemait son discours de mots blessants imputables à la seule malveillance, le ton ne tarda pas à monter entre eux deux et, tandis que Ali s'efforçait de supporter l'affront, un adjoint qui les observait à distance arriva en le menaçant, sous prétexte qu'il tenait tête à son chef et méritait comme tel d'être remis à sa place. La dispute entre les trois hommes prit le tour d'une rixe et attira l'attention des gens de la halle occupés jusque-là à leur négoce. Un marchand s'approcha, suggéra à Ali d'une œillade discrète dans le dos du percepteur d'obtempérer et de clore la dispute, suite à quoi, comprenant le message, Ali dit à l'intéressé : « Soit ! Dis-moi ce que tu estimes juste et je te le paierai ! »

À ces mots, l'homme le couvrit d'injures, l'accusant de lui manquer de respect et de mettre en doute son intégrité. Tandis que Ali, excédé, commençait à crier à son tour, un deuxième adjoint accourut et, avec l'aide du premier, tenta de l'assujettir et de le sortir de la halle. Il y eut alors un grand tumulte. Ali parvint à se dégager en jetant d'une bourrade l'un des deux hommes à terre et le spectacle prit l'aspect d'une lutte comme les habitants de la halle en avaient rarement vu de semblable.

Visiblement alertée par les cris, Chama fut la dernière à se pencher par-dessus la rambarde du quatrième étage. Lorsqu'elle vit ébahie qu'il s'agissait de Ali, elle tira le drap de lit, s'en enveloppa le corps et descendit aussi vite qu'elle le put pour sauver son mari du cœur de la mêlée. C'est là que tous, marchands, clients et badauds purent voir une créature féminine échappée du chœur des anges voler au secours d'un Musulman de fraîche date tombé dans les griffes du percepteur, celui-là même dont ils priaient Dieu de les préserver avec autant d'ardeur qu'ils le priaient d'éloigner les démons.

Trois gardes qui semblaient passer là par hasard pénétrèrent dans la halle, tombèrent sur Ali, lui lièrent les poignets et le poussèrent droit devant tandis que le percepteur et ses semblables insistaient pour qu'on emmenât aussi la femme pour sa participation à l'outrage envers les agents du sultan.

On jeta les époux dans la cellule attenante au bureau du gouverneur, un réduit sale et étroit dans lequel les prévenus attendaient d'être appelés devant lui. Leur promenade forcée à travers les marchés avait provoqué la surprise et l'indignation chez les gens qui n'avaient jamais vu la dignité semblablement injuriée et parce que nombre d'entre eux, pour connaître l'accusé, savaient qu'il était cet homme bon et cet artisan ingénieux que sa vertu avait conduit sur le chemin de la Vérité et du pardon.

Comme la nouvelle se répandait en ville, un groupe de fidèles alla demander au grand imam de la mosquée, le *fqih* Bou 'Ashra, d'intercéder en faveur de l'opprimé et il leur promit d'essayer avant la soirée. Auparavant, Ali et son épouse avaient comparu devant Jarmûn, lequel s'était levé, avait injurié le prévenu, sommé sa femme devant lui d'ôter son voile pour prix de son insolence envers ses agents irréprochables, puis les avait menacés et finalement relâchés moyennant le paiement d'une amende équivalente à la moitié du capital de Ali.

Comme deux enfants niant à l'argent toute valeur et rejetant l'existence du mal, loin de Jarmûn et de sa clique, Ali et Chama refermèrent la porte de la chambre derrière eux et s'immergèrent dans leurs rêves deux jours entiers durant. Le troisième, Pedro vint prévenir son ami qu'un chargement de vases en métal et d'étoffes de soie d'Inde était arrivé de Gênes à son nom. Ali le remercia de son attention, conscient de l'affection particulière que lui portait son « pays » depuis l'abus dont il avait été victime de la part du percepteur et après que le bruit eut couru que l'attaque venait du gouverneur avec Chama en toile de fond.

Ali descendit réceptionner sa marchandise, la mit sous clef et, renvoyant à plus tard les vendeurs qui le sollicitaient déjà, il alla au marché faire ses achats et rejoignit Chama à l'appartement.

À peine commençait-il à lui décrire le contenu de la livraison, les marques de sympathie qu'il avait pu lire dans les yeux des marchands et clients de la halle rencontrés sur son chemin, qu'elle le stupéfia en disant: « Ne te fie pas au soutien des courtiers et des marchands de la halle. Ils ont le cœur mort. Et puis, ils sont très avisés. Or il faut savoir perdre sa raison et retrouver son cœur pour affronter les adjoints d'un tyran. Toi, tu n'es qu'un marchand du hasard et ce n'est pas parce que tu es moins malin qu'eux qu'ils ne doivent pas t'envier ta chance, si tant est que tu en aies vraiment! »

Ali savait que cette chance, c'était elle et que c'était toute sa chance. Chaque jour, par la puissance de sa foi, elle amenuisait la peur qui le dominait, et lui, à chaque seconde, s'émerveillait de cette fierté dont elle était pleine jusqu'à la limite de l'orgueil, mais qui n'était pas de l'orgueil.

Soucieuse de le libérer des peurs au moyen desquelles Jarmûn voulait les asservir, elle dit, comme soulevant un coin du voile de l'avenir:

— Imagine que Jarmûn détruise ton commerce et nous réduise à la mendicité; imagine qu'il t'oblige à t'exiler sans moi ou qu'il t'emprisonne à vie en me condamnant à servir chez des bandits de son espèce pour te nourrir, imagine qu'il nous jette tous les deux en prison les chaînes au cou, imagine qu'il te tue, qu'il me tue ou nous tue tous les deux – c'est qu'il serait bien capable de le faire! – il ne pourra jamais m'ôter la confiance que ses maîtres bons et civilisés ont ancrée en moi et qui me vénéraient comme le reflet de leurs bonnes mœurs et de leurs nobles sentiments. Or moi, aujourd'hui, je méprise le seigneur et maître de Salé, alors que toi, je ne suis pas loin de t'adorer et, qu'il nous respecte pour de bon ou qu'il nous laisse en sursis, nous ne ferons jamais que reproduire toujours et encore les mêmes sentiments sincères que nous n'avons pas cessé de nous exprimer depuis le jour où nous nous sommes rencontrés. Qui veut se garder de l'oppresseur doit l'apprécier à sa juste valeur. Un avenir à la merci de ce tyran ne prédit rien de bon ! Je me rappelle que le prédicateur qui nous parlait de derrière le rideau chez notre maître Ibn al-Hafîd nous justifiait le devoir de résignation comme une « courtoisie envers le Créateur ». Mais oublions à présent cet horrible personnage, l'avenir obscur qui lui est attaché et laisse-moi t'exprimer un autre sentiment qui tiendrait peut-être de la « courtoisie envers toi » !

Il écoutait tout ce qu'elle disait tout en n'en comprenant qu'une infime partie. Car cette femme-là avait évolué dans les palais, assimilé les cultures de plusieurs cités et avait servi des gens aux goûts et aux us raffinés, pétris de sagesse, rompus aux subtilités du raisonnement. S'il avait voulu résister à son invitation – et il ne lui était pas permis de le faire ! – pour suivre son idée et la joie indescriptible que lui procuraient ses paroles, il serait parti en courant jusqu'à la mer pour la regarder du haut d'une falaise, lui raconter ce qu'il venait d'entendre et lui demander s'il n'avait pas compris de travers. Mais la mer n'avait que faire de l'avenir. C'était pour cela qu'il n'avait plus peur. Le cœur de Chama était redevenu eau. Il était retourné à sa nature première dont procède toute vie. Ne venait-elle pas de lui dire que les cœurs des courtiers et des marchands étaient morts à jamais ? Il s'étonnait qu'elle n'eût pas versé une larme le jour où on les avait conduits ensemble à la prison du gouverneur ni lors de ce qui s'était passé après. C'était tout simplement parce que l'eau ne pleure pas, parce que la vie méconnaît la peur et parce que la faiblesse, comme elle l'avait dit, provient de notre irrémédiable besoin de répétition et de monotonie. Sans cela, il nous suffirait d'avoir fait une fois l'expérience d'une chose pour que plus rien ne nous empêche légitimement d'avancer !

11

Le lendemain, dès l'ouverture de la boutique, Ali vendit à des marchands du Sous son lot complet de vaisselle métallique au prix demandé, puis sa livraison de soieries à des marchands de Fès qui payèrent sans discuter. Aussi envisagea-t-il de renoncer à sa part des bénéfices dans l'affaire précédente et à une partie de ceux qu'il venait de réaliser en vue de préserver son capital et de verser à son commanditaire, dans la monnaie du sultan de Fès qui avait cours de l'Égypte au Soudan, le pourcentage qui lui revenait, du moment qu'il considérait que l'amende en échange de laquelle Jarmûn l'avait relâché, bien qu'injuste, ne lui incombait qu'à lui seul.

Il se mit en quête du percepteur pour s'entendre avec lui sur la question de ses gains mais il ne le trouva pas, alors même que son adjoint préposé à la bascule, au centre de la halle, refusait de l'aider à faire le compte habituel.

Comme il remontait à l'appartement, un autre adjoint vint lui demander un état complet des sommes assujetties à la taxe. Ali le lui présenta, assorti du relevé des droits d'entrée payés par les porteurs à l'octroi au titre des marchandises qui lui avaient été livrées. Le percepteur arriva, le mit en garde contre les conséquences d'une nouvelle fraude et, au moment où Ali lui tendait une feuille indiquant le montant de ses gains sur la vente du matin, il tonna, le repoussa et lui lança au visage : « Tu te fiches de moi, espèce de menteur de chrétien ? Tu te fiches de moi ? Ce qui t'est arrivé l'autre jour ne t'a pas servi de leçon ? Tu veux me faire des ennuis avec le Receveur général ? »

Un marchand saharien et un courtier juif qui prenaient leur repas dans un magasin à l'angle de la halle vinrent les séparer. Puis, ayant convaincu obligeamment le percepteur de les suivre dans leur boutique, ils lui servirent un rob du pays masmouda rafraîchi dans une gargoulette en terre de Malaga au goulot goudronné et, comme celui-ci leur faisait croire qu'il avait déjà tout oublié et que la querelle cherchée à Ali n'était qu'une provocation déguisée, il leur dit au moment de partir : « Je vous constitue garants de votre ami chrétien ! Si je m'en tiens au registre du receveur de la porte, le volume de la marchandise qui lui est attribuée est supérieur d'un tiers à ce qu'il prétend et, d'après les indications fournies par ses clients du Sous et de Fès à leur départ d'ici même, son prix de vente excède d'un certain montant ce qu'il a déclaré, en vertu de quoi il m'est redevable d'une taxe à hauteur de mon estimation et justiciable d'une amende pour fraude envers Son Excellence le gouverneur, toutes sommes dont vous devrez vous acquitter pour lui à titre de garants aujourd'hui même avant le coucher du soleil ! »

Les deux hommes craignirent de s'être enlisés là où ils pensaient avoir réussi à apaiser la colère de leur hôte et gagné sa clémence envers leur collègue. Le courtier juif, qui avait travaillé toute sa vie dans la place comme intermédiaire entre les marchands du pays et leurs confrères du sud du Sahara ou de l'Outre-mer, qui avait vu les calamités des percepteurs et des gouverneurs et le nombre de vauriens et d'honnêtes gens qu'ils avaient mis sur la paille, fut à deux doigts de perdre contenance et, à peine eut-il entendu ces paroles, qu'il vit sa fin prochaine et commença à demander grâce comme si on l'allait jeter en prison incontinent.

Ali attendait en bas de la halle que le percepteur fût ressorti. Dès qu'il le vit s'éloigner en tenant ces propos à ses collègues et remarqua l'état de terreur dans lequel se trouvait son ami juif, il courut vers eux et leur dit : « Ce dont vous êtes convenus avec lui, je le paierai quoi qu'il advienne. Que Dieu vous récompense, mes bons et loyaux amis ! »

Une fois acquittées les sommes demandées, Ali se rendit à l'évidence que la totalité de ses bénéfices et le tiers de son capital s'étaient envolés en fumée. Comme il s'en retournait auprès de Chama, elle lui dit d'entrée : « J'ai entendu ses intimidations et ses menaces, je sais qu'il t'a tout pris, mais c'est sans importance. Je te l'ai déjà dit : tout cela n'a aucune importance, pas plus que ce qui va se passer à partir d'aujourd'hui. Tu as faim ? Tu veux de l'huile d'amande douce ? Tu veux que je t'apaise ta rancœur pour te permettre de dormir en paix ? »

À l'issue de cette deuxième épreuve, il se persuada que Chama, la femme sensible et délicate, capable par sa seule tendresse de rendre heureux tous les enfants de la ville, était plus ferme au dedans qu'une montagne et que sa foi lui faisait un rempart contre les maux de l'injustice et de l'humiliation. Mais il ne pouvait se défendre du soupçon que, si elle endurait avec lui les persécutions du gouverneur et du percepteur, c'était parce qu'elle savait qu'elle en était la cause, du fait de sa beauté envoûtante, de ses bonnes manières héritées des grandes maisons, de la protection dont elle jouissait auprès d'Ibn al-Hafîd, le rival de Jarmûn, de son mariage avec cet étranger Musulman de fraîche date et de la passion notoire qu'elle lui vouait à la limite de l'adoration, enfin, de la fierté dont elle avait fait preuve lors de sa comparution devant le gouverneur en n'exprimant ni faiblesse ni besoin d'aide. Aussi bien, parmi toutes ces choses qu'on lui enviait, eût-il aimé ne voir figurer que l'amour qu'elle lui portait, le seul objet convoitable à ses yeux, un amour qui du reste n'aurait dû susciter ni envie ni jalousie dans le cas d'une femme ordinaire liée à un homme ordinaire. Car elle n'était jamais, à l'origine, que la fille de cette montagnarde qui lui avait légué toute sa force au moment de l'accouchement et de l'allaitement pour mourir d'anémie en secondes couches et de ce père fermier-vacher au service d'un des grands notables du pays. Le mal venait peut-être de ce que certains ventres de pauvresses ne devraient pas accoucher de beautés sans le rang ni l'argent pour les protéger! Mais la beauté de Chama ne se ramenait pas seulement à un corps harmonieux, à l'épanchement radieux de sa nature angélique. Belle, elle l'était aussi par son innocence et par la pureté de son âme, toutes choses qui se manifestaient à Ali au travers d'une paix qui l'enveloppait comme dans un rêve extatique et l'élevait jusqu'au point de sentir, de goûter, de comprendre et de devenir quelqu'un d'autre. Comment pouvait-il s'imaginer jouir à la fois d'elle et du monde? Car en vérité le monde l'enviait. L'infâme gouverneur et l'odieux percepteur n'étaient jamais que les crocs et les griffes du monde, ce monstre dépenaillé! De ce point de vue, Chama ne participait pas du monde mais de son opposé. Elle était de l'Autre Monde. C'est pour cela qu'elle ne pleurait pas. Depuis quand le monde d'en-haut verserait-il des larmes sur celui d'en-bas? Il saisissait mieux à présent l'allusion de ces plaisantins qui avaient dit à son repas de noces: « Dieu hâte pour vous la conclusion de cette affaire! [17] » Pouvait-il concevoir pour autant que tout ce que Chama représentait à ses yeux et aux yeux des autres, que tout ce dont elle l'entourait personnellement, n'était qu'un à-valoir sur quelque chose de plus vaste et de plus précieux? En vérité,

---

17. Coran, XLVIII, 20.

quand bien même était-il destiné à recevoir davantage, il ne pensait pas pouvoir se l'imaginer ni encore moins l'embrasser. Pourtant, ce surplus, il était bien là en elle et, comme il ne pouvait prétendre connaître l'étendue de la manne, il en déduisait qu'elle lui offrait davantage d'elle-même que son cœur ne pouvait contenir et qu'il laissait se perdre chaque jour par impuissance le plus gros de ce don alors que la source, elle, ne se tarissait pas. Il comprenait maintenant que c'est celui qui aime le plus qui a le cœur le plus grand et le plus vaste, que l'amour s'écoule de lui en direction de l'aimé et que notre malheur provient moins de l'avarice de l'autre que de notre propre incapacité à recevoir.

Tout en s'émerveillant de cette pluie de révélations, il avisa dans un coin de la chambre une jarre d'huile de Meknès offerte par l'un de ses apprentis gypsiers et l'idée lui vint, convaincu qu'elle ennoblirait merveilleusement ce plat d'origine roturière, d'inspirer à Chama l'envie d'une purée de fèves habituellement consommée avec cette huile et des épices, comme celle qu'on apportait à ses ouvriers de chez Ibn al-Hafid, du temps où il travaillait au décor de la médersa.

Il invita Pedro et sa fille à ce souper de fèves. Après le repas, les deux hommes s'isolèrent dans un coin pour parler à la lumière de la lampe pendant que Chama et Julia se faisaient des confidences dans le coin opposé, à la clarté pâle et vacillante d'une bougie. Plus Chama entendait la jeune fille lui parler d'elle, plus elle sentait qu'elle allait devoir affronter les problèmes de son âge et qu'elle aurait besoin d'une personne de son expérience pour la consoler et lui porter conseil. De loin en loin, elle lorgnait les deux hommes absorbés dans une grave discussion à voix basse dont des échos lui parvenaient, même si elle savait en gros de quoi son époux souhaitait entretenir son hôte.

Ali raconta à Pedro qui, lors de l'incident, s'était absenté pour régler quelques affaires au port, comment le percepteur l'avait encore agressé et rançonné le jour même, comment, dès l'instant qu'il était persuadé – suivi en cela par son é-pouse, que le percepteur, aux ordres du gouverneur et déter-miné à lui briser les reins, continuerait de le harceler et de l'empêcher de faire du commerce dans la halle, il avait déci-dé de lui proposer de le remplacer à la boutique et de récep-tionner en son nom les envois de son commanditaire de Béjaia.

Pedro accepta, à condition de partager avec lui une moitié des bénéfices, l'autre étant acquise au propriétaire du capital, suite à quoi Ali remit à la première caravane de marchands en partance pour Ceuta une lettre adressée à son commanditaire de Béjaia pour l'informer des dispositions qu'il avait dû prendre et des raisons qui l'y avaient obligé ; lui demander que les expéditions de marchandises, par voie de terre comme de mer, fussent adressées dorénavant au nom de Pedro – étant entendu que lui-même restait le garant du capi-tal – et le prier d'en aviser par écrit ses représentants du nord de la Méditerranée, du Maghreb central et de l'Ifriqiyya *.

Au cours du mois suivant, deux cargaisons arrivèrent sous son nom. Mais il ne se montra pas sur la place. Suivant les termes mêmes de leur accord, Pedro se chargea de la récep-tion, du magasinage et de la vente et tout semblait devoir se passer conformément à leurs vœux.

Un soir qu'il rentrait de la prière à la grande mosquée où il assistait presque chaque jour à la leçon du couchant, deux adjoints du gouverneur venus pour l'interpeller lui barrèrent le passage à l'entrée de la halle. Comme il sollicitait d'aller prévenir son épouse, ils refusèrent sous prétexte qu'ils venaient de frapper à sa porte et qu'elle était déjà informée.

Les deux hommes l'emmenèrent et le jetèrent dans la prison du gouverneur, une pièce sale pompeusement qualifiée de « bureau » où il passa sa première nuit séparé de Chama depuis le jour de leur mariage. Cette pensée lui fit venir les larmes et un sentiment d'injustice lui brûla les entrailles. Toutefois, la vision de sa femme stoïque et les yeux secs l'apaisa, tout en le froissant en même temps, lors qu'il eût souhaité aussi la voir pleurer pour lui ! Puis il s'imagina qu'elle avait pu subir elle aussi Dieu sait quel traitement, qu'on l'avait peut-être obligée à dormir quelque part hors de chez elle, aux prises avec un destin perfide. Il imagina son amour débordant, sa fierté, tout ce qui la rendait digne de sa confiance, avant de mesurer la fragilité de ces beaux sentiments et de ces nobles qualités face aux puissances de l'arbitraire.

La peur, la faim, le froid, l'angoisse l'empêchèrent de dormir et, lorsque les voix des muezzins se répondirent à l'aube, il en perçut les échos à travers une lucarne du bureau. Il pensa que Chama, en supposant qu'elle eût dormi, était à sa prière, qu'elle priait pour lui, que sa supplication déchirait le ciel, puisqu'il savait maintenant que sa nouvelle religion, au même titre que l'ancienne, associait le bien-être à l'épreuve, un sujet cher aux prédicateurs de la grande mosquée dont il écoutait les sermons.

Le lendemain à l'aube, on le tira de sa cellule et on le déféra au gouverneur qui l'accusa d'avoir voulu saper le commerce de la ville – et de la halle en particulier, en recommandant par écrit aux marchands étrangers de se tourner vers d'autres marchés. Comme Ali démentait avec force, Jarmûn le fit taire et, tout en l'injuriant, rabrouant et menaçant, lui fit jurer de ne plus recommencer ce dont il était accusé sous peine de se voir infliger une amende équivalente au débet d'octroi d'une année qu'il serait dans l'incapacité de payer. Libéré, Ali regagna ses foyers. Chama l'accueillit sans rien dire, soupirante de désir. Puis, tandis que sa douleur s'estompait, elle lui demanda ce qui s'était passé. Il parla et elle l'écouta en silence, l'air de tout savoir ou de tout deviner, comme qui connaît l'invisible dans sa globalité ou sans trop s'attacher aux détails.

12

La réadjudication des baux de la halle eut lieu à la même époque. On majora tous les loyers et plusieurs locataires ne purent souscrire l'augmentation demandée. De fait, sur ordre du gouverneur, l'inspecteur des marchés avait payé de faux courtiers pour faire monter les enchères, tout cela, dans le but présumé de forcer un locataire saharien du quatrième étage qui faisait commerce d'ail, de fèves bouillies et de henné dans une échoppe située au-dehors à vider les lieux, ce qu'il fit, et une quadragénaire du nom de Touda, que son goût de la provocation et de la dispute avait fait surnommer « la Glu », vint s'installer à sa place. De mauvaise réputation, elle était liée au gouverneur et le bruit courait que ce dernier la mettait sur les rangs pour succéder à la gouvernante du juge devenue vieille et sénile.

Chama vit dans ce nouveau voisinage de mauvais présages pour l'avenir. En l'espace de quelques jours, l'excentricité de la nouvelle pensionnaire s'afficha au grand jour. Elle n'éprouvait aucune gêne à chanter à tue-tête, à interpeller tel voisin, marchand ou client du haut des étages, à laisser sa porte grande ouverte et à s'exhiber dans toutes les postures sans considération de personne ou à recevoir dans sa chambre des invités du dehors. Mais ce qui inquiétait Chama bien davantage c'était que la Glu s'était littéralement emparée de Julia qui avait pris l'habitude d'aller rire et papoter avec elle, s'éloignant du même coup de sa jeune voisine que non seulement elle délaissait mais qu'elle allait jusqu'à accuser auprès de son père de vouloir la convertir à l'islam.

Naturellement encline à porter les soucis des autres, Chama avait estimé de son devoir d'adopter cette jeune étrangère condamnée à habiter la même chambre que son père au seuil de l'adolescence. Elle appartenait à cette espèce rare d'individus qui, en vertu d'une disposition naturelle de l'âme, non d'un surcroît d'énergie, se sentent responsables du monde qui les entoure, comme s'ils en étaient les prophètes, surtout lorsqu'il s'agit de corriger un vice, de lever une injustice ou de pardonner une faiblesse et c'est dans cette propension au don généreux de soi, au sacrifice et à la dépense, qu'elle trouvait à la fois son plaisir et le sens de son existence.

Or voici que Touda la chamailleuse, non content de s'interposer entre elle et Julia, enseignait à cette dernière les moyens de se rebeller chaque jour davantage, y compris contre son père. Elle l'emmenait au bain, à des réjouissances chez des gens peu connus pour leur vertu et il ne fallut pas plus de quelques jours à la pauvrette pour glisser et tomber dans le gouffre.

Alors que, par l'intermédiaire de la Glu, elle avait suivi une bande de promeneurs aux norias, à l'extérieur des remparts, il advint que, brutalisée par des fils de notables, elle disparut avec l'un d'eux, chose dont son père Pedro ne fut averti qu'après l'heure de la fermeture des portes, au coucher du soleil. Il paya bien quelques adjoints du gouverneur pour l'aider dans son malheur, mais leurs recherches n'aboutirent qu'au bout de deux semaines durant lesquelles la petite fut considérée comme perdue et où lui-même fut à deux doigts de s'effondrer et de perdre la raison. Plus tard seulement, le gouverneur le fit chercher pour lui dire que sa fille se trouvait dans la famille de l'agresseur présumé mais qu'il ne pourrait la voir qu'avec sa permission, étant lui-même en train d'enquêter sur l'affaire.

Lorsque Pedro eut pu voir Julia qui se remettait lentement de sa commotion, on lui fit savoir que, tant que le gouverneur n'aurait pas fini son enquête, elle resterait là où elle était jusqu'à ce qu'on lui permît d'en sortir et qu'il ne pourrait la voir qu'une fois par semaine et pas plus.

Triste et éploré, Pedro redevint la proie des tourments qui le rongeaient corps et âme, ne trouvant aide et réconfort qu'auprès de Ali et Chama qu'il considérait comme des gens de cœur. C'était parce que leur ami souffrait à travers sa fille que Ali voyait Chama pleurer pour la première fois. Elle qui n'avait jamais versé une larme sur leurs propres malheurs, peut-être s'affligeait-elle de voir la vie d'une femme aussi totalement dévastée. Mais maintenant que le mal était fait, rien ne servait à ses yeux de méditer sur la lâcheté de ceux qui l'avaient cautionné. Elle n'osa pas avouer à Pedro comment elle s'expliquait la prétendue raison pour laquelle on retenait Julia jusqu'à sa guérison ni le temps qu'il faudrait selon elle pour que les choses se résorbent. Encore moins se plaisait-elle à imaginer les sommes extorquées par le gouverneur à la famille de l'accusé ! La pudeur lui interdit même de s'en ouvrir à Ali tant le crime lui paraissait honteux. Du reste, elle n'était pas de ceux qui jugent la pudeur totalement déplacée entre époux. La pudeur n'est-elle pas liée par un certain côté au respect de celui devant qui on doit baisser les yeux ? Elle ne voulait pas manquer au respect de ce côté-là, elle qui passait à son maître ses trivialités de langage et ses petites lubricités, qui parfois même se gardait de lui comme d'un étranger, quoique, encore imprégnée sur ce point des conseils du prédicateur de la maison d'Ibn al-Hafîd et assez instruite des choses de la coquetterie pour se hisser au-dessus des plaisirs ordinaires, elle sût prendre en lui la part qui lui revenait en lâchant la bride à ses sens.

Plusieurs fois, les jours précédents, Touda s'était arrangée pour se faire voir de Pedro en train de parler avec les gardes et les adjoints du gouverneur afin de lui ôter l'envie – elle qui ne cessait d'inspirer à sa fille mille pensées diaboliques ! – de l'inquiéter d'une façon ou d'une autre.

Une fois par semaine, Pedro se rendait au domicile du coupable pour voir sa fille qui restait muette en sa présence, jusqu'au jour où on lui permit de revenir la chercher au bout d'une quinzaine. En arrivant, il la trouva pâle, privée de sa fraîcheur et de sa vitalité habituelles, comme si on l'eût soumise à une profonde saignée ou à d'horribles sévices dont les signes se devinaient aux cernes de ses yeux battus. En la regardant, il se mit à pleurer, se demandant comment on avait pu lui faire une chose pareille, quelles atrocités elle avait endurées, quelles drogues on lui avait fait absorber, quelle faute on lui avait fait expier.

Il la ramena de nuit dans sa chambre et Chama se chargea de veiller sur elle malgré son amertume et sa colère rentrée. De son côté, Julia se défiait de celle qui avait voulu l'enfermer d'emblée dans la morale et les conseils, au moment où Touda laissait libre la voie à ses élans et à son imagination débridée. En vérité, si Chama lui montrait pour l'heure cette sollicitude, c'était par pitié pour son père brisé et pour satisfaire une bonté naturellement ancrée en elle. Du reste, pour n'en être pas moins sensible à ses soins et à sa tendresse, Julia se jetait-elle par moments contre sa poitrine en sanglotant.

Pedro n'osait plus descendre dans la halle pour son commerce maintenant que l'histoire de sa fille s'étalait au grand jour. Dans le même temps, Ali reçut une lettre du marchand d'Amalfi où celui-ci l'informait que, suite à sa décision de fermer sa succursale de Salé, il lui aliénait la totalité du capital restant et le laissait libre soit de disposer de la boutique à son gré, soit de la vendre à qui bon lui semblerait, soit d'en remettre la clé à l'inspecteur des biens immobiliers.

Julia ne reprenait que lentement possession d'elle-même. Comme elle renouait avec la Glu et se laissait de nouveau entraîner dans son sillage, Chama décida de couper tous les ponts avec elle. Pedro en fut vivement affecté, d'autant que, mue par une frénésie de vengeance envers le monde et de révolte contre toute forme de bien, sa fille suivait le chemin de ceux qui ont tout perdu et agissent inconsidérément. Ainsi, non seulement commençait-elle à sortir avec Touda sans dire à son père où elle allait, mais encore à exiger qu'il lui louât une chambre particulière en le menaçant, s'il refusait, d'épouser un Musulman.

Mais Pedro se moquait bien de cette menace dont il ne ferait pas un drame si elle était suivie d'effet. Le chagrin qu'il éprouvait pour sa fille tenait bien davantage à la ruine des espoirs placés en elle, au sentiment de n'avoir pas su la préserver et à sa rancœur envers l'injustice du gouverneur. Pour ce qui était du reniement de la foi, il n'en avait jamais voulu à son ami Sancho d'être passé à l'islam, puisqu'il considérait qu'il y avait des gens pieux dans toutes les religions et que s'ils abandonnaient une foi pour une autre c'était pour poursuivre la quête de quelque chose qu'ils n'avaient pas trouvé dans la leur – sans que cela voulût dire nécessairement qu'elle ne s'y trouvait pas ! – que s'ils en changeaient, c'était en emportant leur piété avec eux et que ces gens-là sont pur bénéfice pour toutes les religions.

Un soir, à l'heure de l'appel à la prière, comme Julia n'était toujours pas rentrée, Pedro alla trouver Ali et Chama pour leur faire part de son malheur. Tous trois savaient que la Glu était chez elle au même moment. Chama posa devant les deux hommes des noix et des dattes sèches des oasis tandis que Ali tentait de consoler son ami et l'exhortait à reprendre son activité dans la boutique du marchand d'Amalfi en dépit des railleries et des rumeurs. Mais Pedro se garda bien de lui promettre de suivre son conseil et se contenta de dire à Chama : « Tu es merveilleuse et mérites d'être aimée de tous ! » Sur quoi il leur souhaita bonne nuit et s'en alla.

13

Julia rentra à la halle le lendemain matin. Lorsqu'elle trouva la chambre ouverte et son père absent, elle alla interroger Chama qui fit la sourde oreille et ne daigna pas même lui adresser un regard. Puis comme, le soir venu, Pedro n'avait toujours pas reparu, elle commença à questionner les voisins sur son passage, au cas où l'un d'eux aurait de ses nouvelles.

Et dire que Touda n'était pas là pour l'aider dans ses recherches ou ne fût-ce que pour lui donner un bout de pain ! Le soir venu, elle fondit en larmes, effrayée à l'idée de passer la nuit sans manger dans une chambre sans clé.

Elle retourna voir Chama qui, lorsqu'elle l'eut de nouveau en face d'elle, devina son état et la fit entrer, pensant que peut-être son père s'était attardé dans quelque marché des faubourgs, qu'il avait trouvé closes les portes de la ville et en avait été quitte pour dormir dans un village voisin. À moins que, comme elle le prévoyait aussi, il n'eût trouvé refuge dans la Grande Zaouia et n'y eût passé la nuit dans la proximité de ses résidents qui ne demandent jamais à leur hôte ni d'où il vient, ni où il va ni la religion qu'il pratique.

À son retour de la leçon de la grande mosquée après les deux prières du soir, Ali fut surpris de trouver Julia dans son appartement. Lorsque Chama lui eut appris que Pedro était parti sans fermer sa porte à clé et qu'il n'était toujours pas rentré, il réfléchit un instant et sa dernière parole à Chama : « Tu es merveilleuse et digne d'être aimée de tous ! », résonna à ses oreilles. Toutefois, ajournant la pensée que son ami était parti pour toujours, il dîna d'une purée de légumes et alla dormir dans la chambre de Pedro pour laisser les deux femmes seules dans l'appartement.

Le lendemain soir, Touda attira discrètement Julia dans sa chambre pour lui dire que, d'après les révélations d'un proche du chef de la police, son père avait payé le passage du Sebou et que, une besace sur le dos, il avait rejoint la route d'une caravane en partance pour Ceuta. Puis, après l'avoir laissée pleurer quelques larmes amères, elle lui exposa ses projets avec elle pour l'avenir, l'assurant qu'elle serait pour elle un père et une mère et la protégerait en sa qualité de femme écoutée des chefs et des notables.

La première de ces promesses fut bientôt confirmée lorsque, sur l'intervention de la Glu auprès de la personne concernée, le régisseur des biens reçut l'ordre de substituer sur le bail de la chambre le nom de Julia à celui de son père.

La nouvelle se propagea et, à la pensée du sombre avenir qui guettait la halle et ses habitants, Chama marqua à la jeune fille et à sa protectrice une ostensible froideur et décida de leur tenir porte close.

14

À la même époque, la caravane du pèlerinage retour de la Mecque arriva à Salé et l'on alla conformément à l'usage l'accueillir au-delà de la porte orientale, sur la route de Tifilfelt. Hormis les familles des pèlerins venues pour l'occasion, le cortège de bienvenue comprenait ceux des années précédentes, assistés des Chorfa, des grands oulémas, des professeurs et des récitateurs de Coran, des enfants des écoles coraniques, des ascètes vénérés, des chefs des corporations, des panégyristes et de toutes les personnes dignes d'exprimer leurs félicitations à des hommes et à des femmes qui avaient traversé les déserts et avaient bravé les traîtrises et les peurs du voyage pour accomplir la divine prescription et faire halte dans les grands sanctuaires.

Après l'accueil de la totalité du cortège dans la grande mosquée où l'on avait apporté des maisons des notables et des donateurs des mets de premier choix, des aumônes et des vêtements pour les pèlerins nécessiteux, les arrivants se séparèrent et chacun rejoignit les siens pour être célébré dans sa propre maison, celle de ses proches ou celle de ses amis.

Lors de la cérémonie à la grande mosquée, d'aucuns affirmèrent avoir vu pendant la ronde rituelle et durant l'accomplissement des rites un habitant de la halle aux huiles nommé Abou Moussa. Comme ils étaient plus d'un à en témoigner, on discuta avec les autorités présentes pour savoir si la chose se pouvait ou non. Certains le nièrent, arguant qu'Abou Moussa n'avait pas quitté la halle pendant la période du pèlerinage ou ne s'était guère absenté que pour aller passer deux ou trois jours d'affilée dans sa fameuse grotte du rivage au nord de Salé. Tout en raillant les soi-disant témoins de « l'apparition », leurs contradicteurs les excusaient en citant l'adage : « Pour chaque homme, Dieu crée quarante sosies ! »

Les dires des pèlerins, selon lesquels l'obscur personnage dénommé Abou Moussa qui partageait sa résidence entre la halle et sa grotte du rivage avait effectué le pèlerinage avec eux et selon lesquels ils l'avaient vu et lui avaient parlé au cours des rituels, parvinrent aux oreilles du gouverneur, lequel envoya quelques-unes de ses mouches pour enquêter auprès de la police de la ville et, plus particulièrement, des gardiens de la halle (parmi lesquels un certain Abou Ja'ra, portier de son état) et tenter de savoir de ces derniers si ledit Abou Moussa s'était effectivement absenté pendant la période considérée une durée suffisante pour se rendre au Hidjaz. Comme les réponses, toutes négatives, attestaient au contraire les déplacements de l'intéressé entre la halle et la grotte à des jours et à des heures dûment consignés dans les registres des surveillants des portes, Jarmûn envoya le chef de sa police sur la piste de témoins ayant entendu de pèlerins identifiés nommément l'affirmation selon laquelle ils avaient vu Abou Moussa au cours des rituels. Mais l'homme eut beau faire, il ne trouva pas plus de douze témoins sur la foi de trois pèlerins.

On interrogea ces derniers. Tandis que l'un d'eux confirmait le rapport des huissiers, les deux autres déclarèrent ignorer si l'individu rencontré était bel et bien Abou Moussa ou seulement une personne ressemblante. On relâcha les indécis moyennant le paiement d'une amende pour participation à la propagation d'une rumeur de nature à diviser la population. Quant au troisième, le gouverneur donna ordre qu'on le frappât de trente coups de fouet puis qu'on l'interrogeât pour voir s'il se repentait de ses radotages préjudiciables à la paix de la cité et à la raison du plus grand nombre. Il jugea bon, toutefois, d'étayer sa sentence d'une consultation écrite du grand mufti de la ville, qui irait nécessairement dans le sens désiré et qui, tout en atténuant les accusations d'arbitraire qui pesaient sur lui, inclurait pour la première fois son nom à la liste des chefs ayant jamais consulté les docteurs sur une question aussi singulière en vue de la préservation de la doctrine et de la sacralité du témoignage.

La question du gouverneur parvint au dénommé Yahyâ Qawlân [18] dans les termes que voici :

« Sache – que Dieu garde Notre Maître ! – qu'un pèlerin de l'année a prétendu à son retour à Salé, ainsi que sa déposition sous serment en fait foi, avoir rencontré pendant les rituels un individu qu'il dit avoir reconnu et auquel il se serait soi-disant adressé, alors que la majeure partie de nos concitoyens témoigne que le pèlerin présumé n'aurait quitté la ville pendant la période concernée que pour vaquer l'espace de quelques heures ou de quelques jours à l'extérieur des remparts. Le même témoin oculaire sous-entend qu'il pourrait s'agir là d'un cas de voyage instantané comme la tradition en rapporte chez les gens d'autrefois et comme le fait est attesté pour quelques saints. En foi de quoi nous te demandons ton avis sur la question que voici : Peut-on concevoir en un temps donné la présence d'une seule et même personne en deux points éloignés et ce voyage instantané – dès

---

18. I.e. « Yahyâ double-langage ».

l'instant qu'il est vérifié – est-il admissible du point de vue de la Loi et peut-on statuer sur son principe ? »

La réponse du mufti lui parvint en ces termes:

« Sache – que Dieu garde les serviteurs de Notre Maître ! – qu'on ne peut statuer légalement sur la possibilité pour une seule et même personne de se trouver simultanément en deux points séparés. Quant au voyage instantané, par la voie des airs ou par quelque autre voie que ce soit, il peut avoir lieu spirituellement, voire même corporellement comme en atteste la vie des saints en des temps antérieurs à notre époque où l'on voit le mal se répandre et les crimes se commettre au grand jour. »

Dès réception de la *fatwa* *, le gouverneur s'en fit donner lecture, puis se tourna vers ses conseillers et, tandis que ceux-ci lui mettaient en évidence le danger politique de son contenu, il ordonna fulminant qu'on amenât le mufti sur le champ.

En pénétrant dans le conseil, ce dernier trouva le gouverneur entouré de plusieurs hommes de son aréopage, parmi lesquels le chef de la police et l'inspecteur des marchés ainsi que d'une poignée d'esprits fins et cultivés de son cénacle. Comme il s'inclinait pour saluer, Jarmûn lui permit de s'asseoir et lui dit avant même qu'il se fût redressé:

— Nous qui te tenions en bonne estime et t'avions consulté, tu nous as compromis, Qawlân, et t'es compromis toimême! Tu as renié les faveurs et t'es montré ingrat. Tu contreviens à la tradition de nos ancêtres et cette ville doit te désavouer avant que tu l'aies menée à la ruine. Quel errement de l'esprit t'a conduit dans cet écrit stérile à insulter le règne de notre auguste maître et à le dévaluer par rapport au précédent au point de le décrire comme l'ère de la prolifération du mal et de la pratique du crime au grand jour?

Foudroyé par cette accusation aussi accablante qu'inattendue, le mufti commença à blêmir et à bégayer. Puis, lorsqu'il eut réordonné quelque peu ses pensées, il répliqua avec vaillance :

— Loin de moi l'idée, Excellence, d'avoir voulu par cette formule fustiger le règne glorieux de Sa Hautesse ! J'ai seulement voulu dire par « notre époque » celle des personnes rebelles à Notre maître qui renient son conseil et sa faveur ! Je n'entends pas par là l'élite de ses sujets respectueux des lois divines !

À ce point, le gouverneur l'interrompit puis, se tournant vers l'un des clercs de son cénacle, lui demanda :

— Que dis-tu de cette réponse, le *fqih* ?

À quoi celui-ci répliqua comme s'il tenait sa réponse toute prête :

— En effet, indulgent et vénérable maître, après avoir lu la réponse du mufti comme j'en ai reçu l'ordre, je pense que le meilleur moyen de nous sauvegarder et de le sauvegarder lui-même est de dire que le point de vue qu'il exprime admet une double compréhension (l'analogie avec le nom du mufti fit s'esclaffer tous les membres de l'assemblée !) : ou bien on l'interprète – ainsi que le fait son auguste Seigneurie – comme une critique du règne de Notre Maître, avec tout ce que cela comporte de calomnie et, partant, de danger pour nous tous au cas où l'affaire viendrait à remonter à la Cité glorieuse, ou bien on le prend au sens qu'il vient de nous expliquer, où seules sont visées quelques personnes en particulier, auquel cas l'ère de Notre Maître, par les saintes et pieuses œuvres qu'il a coiffées de son prestige et de sa sublime bienfaisance, devient plus digne que les précédentes de voir fleurir les miracles et s'épanouir sous son aile saints et ascètes faiseurs de prodiges, d'autant qu'il est lui-même – que Dieu le garde ! – le premier des ascètes, le plus grand de tous les saints et que, comme le dit le proverbe : « Les gens épousent la religion de leurs rois » !

Se tournant vers le mufti, le gouverneur déclara :

— Pour ta propre sauvegarde et celle des sujets de Notre Maître, nous te dispensons d'émettre des *fatwas*. Tu peux désormais rester chez toi !

Puis se tournant vers le chef de la police, il dit :

— Qu'on exempte du fouet ce pèlerin qui dit avoir vu le fou au pèlerinage, mais qu'on le travaille au corps jusqu'à ce qu'il doute de son témoignage – il n'en est d'ailleurs pas entièrement sûr – et qu'on le laisse partir.

Pour finir, il dit au clerc de son cénacle :

— Réunis les muftis, à part cet insensé, et rédigez-nous une consultation bâtie sur tes arguments pour nous tirer d'embarras ; lisez-la à la mosquée sans trancher nettement la question et en prévenant tous ceux qui côtoieront le fou ou croiront à ses prodiges qu'ils auront affaire à mes services.

On appliqua ses instructions. Toutefois, les détails de l'affaire filtrèrent aux oreilles de la population, ce qui ne fit qu'accroître la rancœur envers le cynisme et l'arbitraire du gouverneur et attirer l'attention sur la personne d'Abou Moussa, « le fou » qui était sans le savoir au centre du débat, qui, à part saluer et répondre aux saluts, ne parlait quasiment à personne et n'avait aucune raison de le faire, qui vivait d'algues sans que nul ne sache ce qu'il transportait dans son éternel couffin, qui portait les habits que lui donnaient en aumône ceux qui savaient qu'il ne mendiait pas et qui les lui disposaient en son absence sur une corde à linge tendue devant sa porte, qui, dans la chambre comme dans la grotte, semblait n'utiliser que rarement la chandelle pour s'éclairer la nuit, à qui personne n'osait rien demander tant il avait de majesté en étant si peu de chose, qui, lorsqu'on lui parlait, montrait en souriant les dents blanches et saines de sa petite bouche serrée entre une moustache rase et une barbe drue sans poils blancs, qui portait ses cheveux en tresse sous un turban vert ou blanc toujours propre et à pan retombant et s'habillait l'hiver de lainages rapiécés recouverts d'un burnous et l'été d'une pièce de tissu léger.

Alors que des groupes de femmes et d'enfants avaient pris l'habitude de guetter Abou Moussa pour le saluer d'un baiser sur la main, il se dérobait à la chose, quitte à disparaître de la ville pendant plusieurs jours jusqu'à ce que les gens eussent compris sa gêne d'attirer l'attention.

15

L'affaire Abou Moussa rappela à Chama les innombrables histoires d'extatiques, de marabouts et de saints qu'elle avait entendues et qu'elle racontait à Ali, pleinement convaincue de leur authenticité. C'est pourquoi elle s'étonnait de n'avoir pas encore prêté à deux de ses voisins l'attention dont ils lui paraissaient dignes depuis le début, le premier n'étant autre qu'Abou Moussa, le second une vieille cigogne arc-boutée sur un nid légendaire, en haut d'un saule aux racines séculaires dressé au centre de la halle, dont le tronc blanc aux branches déchiquetées montait jusqu'au quatrième étage et à la fourche duquel les ancêtres du volatile avaient construit le fameux nid des siècles plus tôt.

Jamais Chama, qui connaissait la cigogne et son histoire depuis son séjour dans la maison d'Ibn al-Hafid, n'eût pu s'imaginer devenir un jour sa voisine ; une histoire connue dans toutes les contrées du Maghreb et dans les pays des marchands étrangers qui arrivaient à Salé. Et puisqu'une dame au grand cœur avait constitué le produit des loyers de deux de ses boutiques du marché des rôtisseurs en fondation pour les cigognes, sur le revenu de laquelle on leur achetait des glanures, des œufs et tout ce avec quoi on s'était aperçu que les mâles aimaient nourrir les petits ou leur mère, elle figurait en bonne place dans le registre de l'administrateur des *habous*. Les vieux racontaient que cette fondation avait même servi autrefois, sur la base d'une *fatwa* émise par un *fqih*, à payer des médecins pour réduire les fractures de cigognes ou d'autres oiseaux accidentés. À chaque génération nouvelle, le mâle de cette bienheureuse espèce attirait une femelle dans le nid où celle-ci pondait ses œufs, les couvait et s'en allait, après quoi les petits grandissaient et émigraient à leur tour. Et lorsque le mâle venait à mourir, il y était vite remplacé par un autre, que les gens s'imaginaient tout naturellement issu de la descendance du disparu, comme s'il s'agissait là d'une lignée noble et sainte de la tribu des cigognes. Quant à la fondation, elle leur était perpétuellement dévolue et les gens continuaient à forger des récits autour de l'oiseau vénérable de la halle aux huiles.

Tandis que Chama se rappelait ces légendes telles qu'elle les avait entendues depuis le temps de son enfance, une tristesse l'envahit lorsqu'elle songea soudain au sort des femelles bâtisseuses de cette lignée, qui arrivaient, mettaient au monde leurs petits et s'envolaient. Elle pensa au cigogneau tombant du nid et se fracassant sur le sol ; elle pensa que, au milieu des vicissitudes de son existence, le ciel ne lui avait pas encore fait la grâce d'un enfant, elle qui l'avait espéré, puis redouté, puis désiré de nouveau, qui avait senti ses entrailles palpiter puis se taire, un frisson la parcourir, pareil aux ondes d'un lac dans lequel on jette un caillou.

Elle retourna à sa contemplation de la cigogne, telle qu'elle était maintenant dans le nid en face d'elle, de l'autre côté de la porte, au-dessus de la rambarde, tantôt calme et paisible, tantôt secouant ses ailes avec le ricanement d'un oiseau miné par la vieillesse. Alors elle se rappela la fête de ses noces avec al-Jurâ'î dans les jardins de Salé, elle se rappela la colombe qui avait chanté, comment son chant avait évoqué au cadi les vers de poètes anciens et lui avait inspiré de changer son nom en Warqa, ce nom dont on l'avait vêtue puis dévêtue, comme l'enseigne d'un beau rêve qu'un proche du sultan s'était forgé jalousement pour lui-même.

Elle se garda de comparer cette époque avec sa vie présente, indubitablement plus heureuse. Qu'avait-elle besoin de peser, de comparer, alors qu'elle recevait et donnait aujourd'hui, cernée par la malveillance ; qu'elle souffrait mais aimait en même temps, d'un amour qu'elle savait nécessaire, façonné pour elle par la main du destin qui prenait soin d'elle. Alors à quoi bon les résultats ! L'important, c'était que le sort qui l'avait éprouvée à chaque détour du chemin l'eût trouvée inlassablement généreuse.

Deux êtres étaient les témoins silencieux de tout ce qui se passait dans la halle : la cigogne et Abou Moussa, les deux seuls peut-être à savoir de quoi le lendemain serait fait et qui en éprouvaient autant de joie que d'inquiétude.

Chama pensait pouvoir approcher tout au moins Abou Moussa pour l'interroger, lui demander s'il savait ce que lui réservait le sort. Elle ne niait pas les rumeurs sur son voyage instantané au pèlerinage et ne doutait pas qu'il faisait partie des saints et des Clairvoyants, qu'il était un homme qui avait tout accompli ici-bas et attendait ; que plus rien dès lors n'altérait la pureté de son cœur ni ne voilait son regard tourné vers la vérité et que, au cas où elle s'approcherait de lui, il ne la rejetterait pas puisque, comme disait Pedro, elle était merveilleuse et méritait d'être aimée de tous!

Elle alla frapper à sa porte sans avoir vu personne le faire avant elle. Il passa sa tête dans l'embrasure puis baissa les yeux, attendant qu'elle délivre son message. Mais elle ne fut capable que de lui demander machinalement: « Accepteriez-vous, Monsieur, que mon mari vous accompagne là où vous allez pendant la journée? »

Tandis qu'il répondait clairement et promptement: « Oui, quand il voudra! », elle s'étonna, comme si elle l'eût cru muet, puis le remercia et retourna chez elle en courant.

Ali n'était pas encore rentré. Elle se jeta sur le lit et y enfouit son visage tout comme si elle venait de rencontrer un ange dans le ciel, heureuse de cette victoire remportée pour son époux envers qui elle craignait depuis quelque temps les méfaits de la solitude et du désœuvrement.

16

La première fois, Ali partit de bonne heure avec Abou Moussa, le suivant à distance afin que les gardes ne fissent pas le lien entre eux deux. Comme il s'apprêtait à franchir la porte du nord-ouest – dite porte de Ceuta –, les gardes l'arrêtèrent et, après s'être assurés de son identité, lui demandèrent de patienter quelques instants avant de continuer. Au même moment, précédé d'une recrue qui partait en hâte faire une course dont il l'avait chargée, le chef de la garde apparut et lui dit :

— Sache que nous avons des ordres à ton sujet, lesquels nous obligent, chaque fois que tu souhaites passer une porte, à avertir les gardes des autres portes afin qu'ils empêchent ta femme de sortir, vu que vous n'êtes pas autorisés à sortir tous les deux en même temps.

Stupéfié, Ali eut envie de retourner sur ses pas pour informer Chama de cette mesure d'enfermement imprévue. Toutefois, se gardant de laisser percer sa colère et son indignation, il attendit que le garçon fût rentré de sa tournée afin qu'on le laissât partir.

Cherchant sa direction, il jeta un regard vers la mer et vit Abou Moussa qui l'attendait sous un arbre. Il le rejoignit et ils marchèrent silencieux jusqu'à l'endroit du rivage où se trouvait la grotte de son compagnon qui y pénétra en l'invitant à le suivre.

Située au pied d'une haute falaise, celle-ci ouvrait sur la mer et pouvait abriter plusieurs personnes. Sur ses parois pendaient des tresses de fruits divers, de légumes secs, de viande séchée et de poisson salé, des vêtements propres rapiécés ainsi qu'un havresac contenant quelques feuillets et une tablette de bois recouverte de signes quasi effacés par les ans, tandis que, dans un coin sur le sol, une gargoulette d'eau voisinait avec quelques grenades.

Abou Moussa pria deux *rak'as*, puis sortit en direction d'un quai battu par les vagues où il commença à ramasser les algues et à les mettre dans son couffin. Il s'absorba longuement à cette tâche, comme s'il prenait le temps de choisir ou procédait dans cette collecte à quelque rituel empreint de sérénité, au cours duquel il s'arrêtait, réfléchissait, se penchait, plantait son couteau entre les rochers, l'en retirait, et ainsi de suite, sans jamais se lasser.

Tantôt Ali le regardait faire, tantôt laissait aller son regard à l'horizon de la mer, comme pour se laver intérieurement des salissures de la halle et se purger les oreilles des échos de son tumulte. Il paraissait alors oublieux de tous, sauf de la femme qui vivait à ses côtés, qui guidait sa vie et soignait les maux de son âme, Chama qui savait que sortir avec Abou Moussa élèverait son cœur au-dessus de l'univers de bassesse qui les encerclait de toutes parts. Et puis, en l'envoyant là-bas, sur le rivage, c'était comme si elle avait voulu le placer face à elle-même, qui était semblable à la mer dont les vagues touchent la terre et retournent à leur départ; comme si elle avait voulu, craignant depuis longtemps qu'il ne tombât de guerre lasse dans le piège où l'on voulait les enfermer, le projeter dans un monde plus vaste en le mettant face à un bleu aussi profond que celui de ses yeux.

À son retour, Ali raconta à Chama ce qui lui était arrivé sur les pas d'Abou Moussa. Il lui apprit qu'ils étaient à moitié prisonniers de la ville que, pour une raison obscure, ils n'avaient pas le droit de quitter. Chama, qui n'avait guère prêté attention jusqu'alors aux assauts répétés des autorités de Salé, supplia Ali de lui raconter chaque détail de sa sortie, les faits et gestes de son compagnon. Elle aimait la mer, la vénérait et avait toujours eu l'impression de pouvoir dialoguer avec elle, même si son âme fidèle l'avait empêchée d'oublier sa cruauté avec les membres de la flotte du sultan, le fait qu'elle avait englouti des têtes et jeté des hommes remarquables dans les griffes de la mort en faisant de leurs femmes des veuves et de leurs fils des orphelins. Mais tout dans la pureté de la mer reflétait l'image du Créateur dans sa beauté et sa grandeur!

Abou Moussa retournait de temps en temps à la grotte pour y manger, y boire, y prier ou regarder sans remuer les lèvres l'exemplaire du Coran tiré de son sac suspendu. Ali le suivait partout à la trace et partageait ses allées et venues, mangeant, buvant et priant avec lui avant de regagner la ville en soirée.

Plusieurs jours passèrent, pendant lesquels ils échangèrent à peine plus de mots que les salutations de rigueur. Ali connaissait à présent tous les rites de son ami, presque immuables de jour en jour. Il occupait le plus clair de son temps à regarder la mer du dedans de la grotte, comme si elle habitait maintenant une part de lui-même et y agissait tel un antidote qui dilatait son cœur et le portait à l'ivresse. Il savait désormais que son ami Abou Moussa passait seul les nuits de marée basse au bord du rivage, les nuits de marée haute dans sa chambre et que c'était seulement les journées de pleine mer qu'il l'accompagnait.

17

Par un jour de ciel gris, tandis qu'ils rentraient à l'heure habituelle, Ali et Abou Moussa trouvèrent la porte du nord fermée. Ils tentèrent une à une les trois autres portes et les trouvèrent closes elles aussi. Abou Moussa arbora son sourire silencieux et fit demi-tour en direction du rivage, suivi de Ali qui semblait répondre à son incitation. Lorsqu'ils arrivèrent, l'obscurité recouvrait les lieux et le crépuscule mourait à l'horizon. Ils entrèrent, l'œil acclimaté à la nuit, tandis que la clarté de l'eau reflétée sur le quai au pied de la grotte leur permettait d'y trouver facilement une place pour s'asseoir.

Abou Moussa tira deux morceaux de bois d'un trou de la paroi, les frictionna pour allumer une lampe à huile et accomplit tardivement la prière du couchant avec Ali à ses côtés. Puis il tendit sa main vers les grenades, en offrit une à son ami et détacha d'une corde plusieurs poissons grillés et salés dont il lui donna la plus grosse part. Ali l'observait en scrutant son visage que la nuit lui rendait plus mystérieux et plus insondable qu'à l'accoutumée. Ses dents étincelantes n'étaient pas celles d'un homme de son âge habitué à ce genre de vie.

Lorsqu'il eut mangé, Abou Moussa se leva, alla se rincer la bouche à l'extérieur de la grotte et se cura les dents avec un bâtonnet tiré de la poche de son vêtement rapiécé. Puis, tendant son bras vers le sac suspendu, il en sortit l'exemplaire du Coran. À peine y eut-il plongé son regard que ses traits s'animèrent comme s'ils mimaient le sens de sa lecture. Tour à tour il s'absorbait dans une demi-tristesse, goûtait le calme et l'apaisement ou bien se tortillait dans une sorte d'extase et de ravissement. Soudain, il reposa le Livre et s'accouda sur son flanc, visiblement étranger à la présence qui était à ses côtés, variant l'expression de son visage comme s'il se parlait intérieurement à lui-même ou entrevoyait des choses dont il suivait le mouvement. Soudain il s'agita, fit une moue, s'assombrit, puis des deux mains commença à se gratter la barbe, le ventre, puis le dos et toutes les parties du corps comme s'il avait la gale ou subissait les assauts d'une armée de poux et de punaises. Et s'il se grattait sans ménagement, cela semblait n'émaner d'aucune souffrance.

Ali le regardait avec émotion, ne doutant pas qu'il pénétrait là l'un des secrets les plus intimes de cet homme. Il n'osa ni l'interroger ni lui venir en aide et continua simplement à le regarder jusqu'à ce que la pensée de Chama l'en détachât. Comment allait-elle en ce moment? Comment interprétait-elle ce qui s'était passé? Comment passerait-elle la nuit sans lui? Mais il se consola en pensant qu'elle était trop intelligente et trop mûre pour avoir peur. Elle savait avec qui il était parti et Abou Moussa n'était pas non plus rentré chez lui! Et puisqu'elle était persuadée qu'aucun mal ne pouvait advenir en présence de ce saint homme, elle devait probablement penser qu'ils s'étaient endormis en fin d'après-midi et que le flux leur avait condamné la sortie de la grotte. Il lui avait suffisamment décrit l'endroit pour qu'elle puisse se le représenter. Ces considérations le rassurèrent et il s'abandonna mollement au rythme du ressac. Il se laissa bercer ainsi et tomba dans un profond sommeil entrecoupé d'éveils au cours desquels il se rappelait l'endroit où il était, ses pensées rassurantes sur Chama, puis s'endormait de nouveau.

À l'aube, Abou Moussa le réveilla pour la prière. Ali l'examina sans déceler sur son visage la moindre trace de fatigue ou d'épuisement. Il se rappelait seulement qu'il s'était gratté vigoureusement avant que le sommeil les sépare. Mais maintenant, il ne se grattait plus et ne faisait rien de remarquable.

Ils firent leurs ablutions, leur prière et sortirent pour regagner la ville. La porte du nord était ouverte, tout comme celle de la halle dans laquelle ils pénétrèrent.

Ali frappa chez lui et entra. Chama était assise et semblait n'avoir pas fermé l'œil de la nuit. Elle s'élança vers lui et se suspendit à son cou en lui cachant son visage, l'air de se retenir d'éclater en sanglots. Il s'étonna de l'intensité de son trouble, puis, humant dans l'air une odeur de parfum, il comprit qu'elle avait dû se faire belle à son intention et l'attendre dans un état d'anxiété comme jamais elle n'en avait éprouvé. Comme il s'étonnait également qu'elle ne l'eût pas encore interrogé sur les raisons de son absence, il prit les devants en lui faisant ses excuses. Il lui raconta tout de sa nuit dans la grotte : les attitudes d'Abou Moussa, sa façon de prier, son sac, ses poissons, ses grenades et sa plongée dans des états où il semblait dialoguer avec des fantômes invisibles. Il lui évoqua aussi la clarté nocturne de la mer, son grondement, ainsi que l'habitude qu'avait son hôte de se gratter toute la nuit sans s'arrêter.

Chama sursauta alors et, détournant légèrement son visage, s'exclama : « Quoi ? Tu dis qu'il a passé toute la nuit à se gratter ? Comment cela ? Lui as-tu au moins demandé pourquoi ? Décris-moi exactement comment cela s'est passé. Quand cela l'a-t-il pris ? Quand s'est-il arrêté ? »

Ali comprit à sa réaction la pitié qu'elle ressentait pour cet homme et son désir pressant de connaître le mal dont il souffrait pour lui trouver le remède approprié. Telle était sa règle : s'affliger pour les autres, les plaindre et les aider de son mieux ! Elle était persuadée que le mal dont souffrait Abou Moussa était sans rapport avec la saleté corporelle ou vestimentaire puisqu'il était de la plus extrême propreté. Aussi bien, richement habillé, eût-il fait une Chama parmi les hommes ! L'origine du chatouillement était connue et ses remèdes aussi. Et puisqu'elle en savait long sur les drogues et les vertus secrètes des plantes, elle pouvait fort bien aller trouver Abou Moussa et lui proposer un traitement de manière à resserrer les liens avec lui et, qui sait, se faire ouvrir son cœur ! Tel était son vœu le plus cher. Combien de fois même eût-elle souhaité lui savonner sa djellaba, l'inviter chez elle, fermement convaincue que la bénédiction qu'il portait en lui rejaillirait sur elle.

Ali lui raconta comment il avait vu Abou Moussa se gratter subitement, l'état dans lequel il s'était trouvé auparavant et comment il avait paru en le faisant accomplir une simple besogne détachée de toute souffrance.

Chama l'arrêta. « C'est bon ! dit-elle. Tu m'en as assez dit. Je sais maintenant le mal dont il souffre. Mais pas question de lui parler de le soigner. Tu as découvert l'un de ses secrets au cœur même de son refuge et il vaut mieux qu'il ne sache pas que tu m'en as parlé ! »

Ali se rendit à l'évidence que, face à tant de délicatesse, il ignorait tout des convenances et il se rangea à l'avis de son épouse.

Elle se leva, lui prépara une petite collation et lui demanda de descendre sur un marché en bas des remparts pour tâcher d'y trouver quelques gombos qu'elle comptait accommoder avec de l'agneau pour le déjeuner. Après quoi il la vit s'isoler pour dormir et retrouver sans doute la plénitude de ses forces. Mais à la vérité, elle ne dormit pas. Elle avait seulement voulu l'éloigner pour dissimuler le trouble que lui avait causé son récit eu égard à ce qu'elle avait vécu elle-même la nuit précédente.

18

Le fait est que ce qui lui était arrivé cette nuit-là n'était pas sans lien avec ce qui était advenu à Abou Moussa dans sa grotte. Après la prière du soir, on avait frappé à la porte et elle avait pensé que c'était Ali qui, pressé de retrouver sa séance à la mosquée, avait dû s'y rendre tout droit en rentrant de la mer, ce qui expliquait son retard. C'est pourquoi elle n'avait pas été peu surprise de voir la Glu s'encadrer dans l'embrasure et lui annoncer avec un sourire : « Il y a là deux étrangers qui demandent à te parler. » Après que Touda s'était écartée, l'un des deux hommes s'était approché, l'avait saluée et lui avait dit :

— Ton mari est invité cette nuit chez le gouverneur. Nous sommes là pour t'y conduire. Dépêche-toi de te préparer. Si nous tardons, nous nous attirerons les foudres de son Excellence !

Étonnée, elle n'en avait pas cru le moindre mot, consciente cependant du ton de menace dont l'homme avait empreint ses paroles sans même lui laisser le temps de répondre ni de s'expliquer, toutes choses par ailleurs inutiles et déplacées en de pareilles circonstances.

Prenant finalement l'affaire au sérieux, elle s'était apprêtée rapidement puis, ayant endossé une robe élégante et un burnous gris en étoffe d'Amalfi par-dessus, elle était descendue pour trouver les deux hommes en train de bavarder avec le portier qui paraissait les connaître intimement.

Marchant l'un devant elle, l'autre sur ses pas, ils la conduisirent à la maison du gouverneur mais, au lieu d'accéder par la façade, ils obliquèrent en direction d'un petit pavillon ouvrant sur une venelle étroite qui n'avait pas d'autre huis que la sienne et qui, jouxtant l'arrière de la demeure, semblait communiquer avec elle par une petite porte.

En pénétrant dans l'espace silencieux et désert, elle eut le pressentiment d'un danger dont elle ignorait encore la forme et les contours.

On l'introduisit dans un salon élégant et spacieux du genre de ceux qu'elle avait connus dans la maison d'Ibn al-Hafid, où brûlaient deux chandelles, dont le sol était recouvert de tapis anciens et de matelas revêtus de housses de soie chamarrée, au centre duquel trônait un grand plateau rond en cuivre chargé de coupes de fruits et, dans une alcôve face à l'entrée, un lit d'apparat coiffé d'un dais de soie en forme de pyramide.

Elle n'eut pas longtemps à attendre avant de voir entrer un homme devant qui elle s'était déjà présentée : le gouverneur Jarmûn, celui-là même qui l'avait obligée à ôter son voile le jour où on l'avait conduite devant lui avec son époux. Il la salua ; elle lui rendit son salut, après quoi il s'assit gêné et lui dit :

— Tu n'as rien à craindre ici. Je profite seulement de ce que ton mari passe la nuit au dehors pour te poser quelques questions relatives au service du sultan et dont je désirais depuis longtemps m'entretenir seul à seule avec toi.

Il commença à l'interroger sur al-Jurâ'î, les circonstances de son mariage avec lui, sur le reproche que ce mariage lui avait causé de la part du sultan, sur d'éventuels trésors qu'Ibn al-Hafid aurait pu cacher dans les citernes ou sous les murs de sa villa ; il lui demanda si la servante du sultan qui l'avait accompagnée pendant la campagne des marches orientales ne lui avait pas soufflé mot de sa mission auprès d'elle, enfin, ce qu'elle savait du fait que Pedro, le marchand ami de son époux qui avait quitté la halle depuis peu, était un espion à la solde d'un prince chrétien andalou.

Tandis que Jarmûn l'abreuvait de ces questions et d'autres du même genre auxquelles elle n'avait presque rien à répondre, elle se détendit en comprenant que le gouverneur avait condamné les portes à son mari avant l'heure habituelle pour pouvoir l'attirer librement dans cet interrogatoire, guidé en cela par des motifs d'ordre personnel touchant sa haine rentrée envers Ibn al-Hafid, sa cupidité, l'enquête menée à son sujet avec la police de Fès lors de son mariage avec al-Jurâ'î ou certaines questions restées en suspens comme le testament de la princesse Oumm al-Hurr réclamant sa libération du palais.

Puis il changea brusquement de sujet en disant:

— Mais l'essentiel, c'est que tu collabores avec moi et ne rejettes pas mon amitié. Je saurai comment t'éviter les dangers qui te guettent et fermer les yeux sur les petites bévues de ton mari. Je suis sûr qu'il peut relancer le commerce dans la halle aux huiles et ramener les taxes au niveau qui a fait jadis de Salé l'objet de tous les soins de la Résidence.

— À quoi il ajouta: Et avant que nous passions toi et moi à autre chose, je te laisse te restaurer à cette table, là-bas, de l'autre côté du salon, et te rendre au bain si nécessaire.

Sur ces mots, il sortit. Chama se conforma à son ordre et fit mine de picorer dans les plats pour ne pas le fâcher, capable qu'elle le savait d'utiliser le moindre prétexte pour l'humilier selon son caprice ou ses ambitions du moment.

Il revint quelques instants plus tard et s'exclama:

— Quoi? Tu es encore dans la même tenue? Refuserais-tu l'honneur que je t'ai fait de t'inviter, de t'introduire dans le secret de ma demeure et de te parler de choses relevant à la fois du service suprême de l'État et de ton intérêt personnel? Tu as beaucoup appris, ce me semble, sur les bienséances, les usages et le genre de conduite à observer en pareil cas; et je ne pense pas que tu aies oublié les devoirs qui incombent aux servantes comme toi!

Chama baissa la tête, muette et décontenancée, dans un état d'absence, d'engourdissement de l'esprit tel que, si on l'avait poussée, roulée en boule ou jetée du haut d'une falaise comme un vulgaire caillou, elle aurait pu à la rigueur pousser un cri de douleur mais en aucun cas comprendre, sentir ou s'exprimer, choses dont elle était parfaitement incapable en ce moment.

Voyant qu'elle ne répondait pas, Jarmûn se rapprocha d'elle puis, comme elle reculait, il lui dit:

— Je pense que tu vas comprendre la différence qu'il y a entre faire semblant d'être polie avec moi et le fait d'y être obligée !

Comme elle ne répondait toujours pas, il se replia dans son coin où, pris d'une fureur soudaine, il commença à se gratter fébrilement la barbe, les aisselles, puis l'espace entre les doigts de pieds, cherchant vainement du regard sur le tapis, les matelas et les murs les insectes présumés responsables de ses chatouillements.

La tête à demi penchée, Chama l'observait furtivement par en dessous, comme si elle redoutait de lui quelque attaque subite. Cette ardeur à se gratter l'étonna. Soudain, elle le sentit impatient de se soulager les parties du dos hors de portée de sa main. Il sortit et, tandis qu'elle entendait jouer les gonds d'une autre porte de chambre, elle imagina qu'il se frottait contre elle.

De retour au salon, il s'assit puis, cédant de nouveau à l'irrépressible envie de se gratter toutes les parties du corps, il quitta de nouveau la pièce. Chama eut l'impression qu'il allait ce faisant à l'étuve, y restait un moment avant de revenir et que, à peine rassis, l'envie le reprenait de se gratter de plus belle. Il passa ainsi un long moment à entrer et sortir sans trouver d'apaisement à son mal. Finalement, il s'écria furieux:

— Tu as apporté avec toi des amulettes de sorcier ? Tu n'as décidément pas de chance cette fois-ci et en auras encore moins la fois prochaine !

Sur ces mots, il sortit et disparut par la porte qui séparait le cabinet du reste de la maison. Au bout d'un moment, l'un des deux adjoints qui l'avaient amenée arriva, la salua comme si elle était dans les bonnes grâces de son maître et lui dit :

— Allons, rentrons !

Elle sortit dans la ruelle aussi timidement qu'elle y avait pénétré. La nuit était à sa moitié. On ne voyait plus dans les rues que les gardes aux carrefours et les gardiens de nuit des boutiques dans les marchés.

À la vue de Chama et des deux escortes, le portier de la halle leur ouvrit, Chama entra et les deux adjoints repartirent. Parvenue au quatrième étage, elle ne douta point que ses pas eussent réveillé au moins deux de ses voisines pressées de connaître l'heure de son retour.

Elle ne dormit pas. Ce qui l'inquiétait par-dessus tout, c'était que Touda fût venue elle-même frapper à sa porte pour lui annoncer la visite des deux hommes, preuve qu'elle travaillait pour le compte du gouverneur et faisait partie d'un complot dirigé contre elle. Si elle n'avait rien exclu de tel en la voyant s'installer dans la halle et ne l'en avait que haïe davantage, aujourd'hui elle en avait le cœur net et le pire qu'elle pouvait craindre de cette vieille teigne était qu'elle n'utilisât l'épisode de la nuit pour l'intimider, quitte à prévenir son mari de ce qu'elle supposait lui être arrivé chez le gouverneur.

Elle s'évertua l'esprit à choisir la bonne solution : ou bien dire la vérité à Ali sur l'invitation du gouverneur et sur ce qui s'était passé, ou bien le lui cacher, de peur qu'il ne niât l'évidence et ne devînt la proie de doutes et de suspicions opiniâtres, ce qui pouvait s'avérer fatal à leur vie conjugale qui avait résisté jusque-là à toutes les épreuves et à toutes les agressions.

116

Elle prit finalement le parti de ne rien dire. Mais quand il lui raconta qu'Abou Moussa s'était gratté longuement cette nuit-là dans sa grotte, elle regretta amèrement de ne pas lui avoir tout dit depuis le début, d'autant que, si elle l'avait fait, il se serait avisé immédiatement que ce qui était arrivé au gouverneur résultait du comportement du saint homme par le biais d'une influence spirituelle issue de sa personne et que, dans ces conditions, il n'aurait pas douté de sa version des faits. Mais maintenant, il était trop tard ! Certes, elle avait bien envisagé aussi de lui raconter son histoire, quitte à en référer, s'il émettait des doutes, à Abou Moussa en personne pour qu'il la justifiât, puisque c'était par ses actes mêmes qu'il l'avait sauvée d'un danger inéluctable de la part du gouverneur qui n'aurait sans doute pas hésité à la tuer si elle s'était soustraite à sa volonté. Mais Abou Moussa aurait probablement refusé d'être mêlé comme témoin à cette affaire, vu qu'il en ignorait vraisemblablement tout lui-même et que, soumis cette nuit-là à des forces bénéfiques qui l'utilisaient ou exploitaient des pouvoirs cachés en lui, il s'était sûrement gratté machinalement, inconscient de ces forces et du but vers lequel elles étaient tournées.

Bref, elle regrettait l'erreur de son silence car, même si son choix partait d'une bonne intention, elle avait succombé une fois encore à ce sentiment dont elle croyait avoir triomphé pour toujours, qui avait nom la peur. Si elle avait opté pour la franchise sans peser rationnellement les conséquences, nul doute que ces puissances qui l'avaient sauvée de toutes les impasses précédentes l'eussent protégée une fois de plus en tant que forces préférant la franchise à toute espèce de calcul. Car les bonnes intentions ne suffisent pas, dès qu'elles s'appuient sur le calcul. Les actions doivent être soutenues par des principes supérieurs, tel celui qu'elle avait enfreint aujourd'hui et qui était la sincérité. Désormais, elle pâtirait d'avoir cédé à la peur – elle irait par là de peur en peur ! – et d'avoir préféré un calcul qui ne pouvait mêler assez parfaitement les données visibles et invisibles pour être juste et conforme au destin. C'est pourquoi le pire qu'elle pouvait craindre, c'était que ses deux voisines ne tirassent contre elle le meilleur parti de sa visite chez le gouverneur en l'absence de son mari et de son retour à une heure tardive.

Le lendemain, le crieur public qui transmettait de sa voix claironnante les avis du gouverneur à la population arriva dans la halle et proclama à l'intention des marchands que quiconque aurait reçu une marchandise et ne l'aurait pas vendue dans la semaine suivant sa réception ou, même sans l'avoir vendue, ne se serait pas acquitté sous huitaine de la taxe exigible sur sa vente, se verrait appliquer une taxe dite « de magasinage », calculée sur la base du nombre de nuits écoulées au prorata de sa valeur.

Suite à la stagnation relative des revenus du commerce de la halle et de la ville et à sa réception d'une lettre d'avertissement du Collecteur Général des impôts de la Résidence à ce sujet, le gouverneur avait décidé la création d'une nouvelle redevance et, alors qu'il avait interrogé plusieurs de ses adjoints et membres de son conseil sur les mesures susceptibles de rehausser le montant des rentrées fiscales, ceux-ci lui avaient conseillé de lutter contre l'accaparement auquel se livraient les marchands en vue d'accroître la demande et de faire monter les prix.

La mesure provoqua l'amertume chez les commerçants de la halle et des environs tant et si bien que, au bout de quelques jours, le bruit commença à courir que trois des plus riches d'entre eux étaient partis pour Ceuta en laissant leurs locaux sans gérance, signe d'un départ définitif. Loin de tirer une leçon de cette alarme, Jarmûn demanda aux percepteurs de procéder avec l'aide de ses adjoints au recensement des marchandises détenues par leurs propriétaires afin de leur appliquer la taxe de magasinage.

Le hasard voulut que des trombes d'eau s'abattissent sur la plupart des contrées du Maghreb dix jours entiers durant, pendant lesquels aucune marchandise nouvelle n'arriva à Salé ni aucun client pour l'acheter et l'emporter dans d'autres villes.

Au terme du mois écoulé, les percepteurs commencèrent à calculer les sommes dues par les marchands au titre de la nouvelle taxe, si bien que nombre d'entre eux, dans l'incapacité de payer, allèrent trouver refuge dans les mausolées pour obtenir la clémence et la remise de leur dette.

19

Le jour suivant l'inspection des dépôts de marchandises, en rentrant de sa sortie avec Abou Moussa à l'heure du soleil couchant, Ali tomba sur deux adjoints du gouverneur qui le suivirent à l'appartement pour lui signifier qu'il était convoqué par le cadi le lendemain matin et devait témoigner devant le portier de la halle qu'il avait bien reçu d'eux l'assignation.

Il informa Chama de la nouvelle et ils ne cherchèrent même pas à deviner le nombre des accusations portées contre lui, pour la simple raison qu'elles venaient toutes du gouverneur et qu'on pouvait à partir de là imaginer tout ce qui relevait du concevable et de l'inconcevable. Mais l'intuition et la connaissance des faits dissimulés à son époux laissèrent présager à Chama quelque chose de plus grave que les manœuvres tentées précédemment. C'est pourquoi elle s'efforça de convaincre Ali qu'elle devait elle aussi quitter l'appartement le lendemain en emportant leurs objets de valeur, à savoir, ses bijoux en or et les pierres précieuses héritées d'al-Jurâ'î et d'Oum al-Hurr, pour se réfugier chez des Chérifs d'ascendance qurayshite de la tribu des Banou Sa'd qui avaient quitté l'Andalousie pour s'installer à Salé après la mort de leur chef à la bataille d'al-'Uqâb [19] et auxquels les sultans successifs de l'époque avaient accordé des traités de sauvegarde qui les dispensaient de certaines servitudes et les soustrayaient à l'arbitraire des autorités. De fait, Chama connaissait chacune des femmes de leur harem et savait l'estime dont elle jouissait auprès de l'épouse du syndic de leur communauté.

Ali se présenta devant le cadi. Ce dernier lui fit lier les mains puis, en présence du chef de la police, commanda à son assesseur de lui donner lecture des chefs d'accusation retenus contre lui :

— *Recours à des magiciens et à des sorciers en vue de la confection d'amulettes destinées à nuire aux serviteurs du palais.*

— *Incitation des marchands à quitter Salé et à y liquider leurs commerces ayant entraîné la perte des taxes afférentes.*

— *Détention d'une outre à vin trouvée dans l'ancien dépôt de marchandises de l'accusé qui, d'après les agents de l'inspection des marchés, devait s'y trouver depuis plusieurs mois.*

— *Inachèvement de la purification légale prescrite à tout Musulman, entraînant la nullité du mariage de l'accusé avec la prénommée Chama.*

---

19. I.e. Las Navas de Tolosa (1212).

Après la lecture de l'acte, le cadi ordonna qu'on remît Ali dans sa cellule, une pièce pas moins étroite ni crasseuse que le bureau du gouverneur, jusqu'à sa prochaine assignation à comparaître pour répondre des accusations portées contre lui.

Personne à Salé n'avait jamais entendu un tel tissu d'accusations fabriquées de toutes pièces. Les personnes présentes à l'audience le firent savoir autour d'elles et la nouvelle se propagea dans toute la ville.

Le même jour, en fin d'après-midi, Abû 'Abdallah al-Sa'dî, le syndic des Chérifs chez qui Chama avait trouvé refuge, se rendit au conseil du gouverneur, lequel le pria d'entrer et l'accueillit par ces mots: « Vous êtes les seigneurs toujours bienvenus et intercesseurs reconnus, sauf pour ceux qui bafouent les valeurs sacrées de Notre Maître, valeurs qui sont aussi les vôtres ! »

Le chérif comprit par-delà l'allusion que Jarmûn savait par ses sbires que Chama s'était réfugiée chez lui. Il se glissa au milieu de l'assemblée et la discussion reprit son cours, axée principalement sur le bilan du commerce à Salé et sur la perte des rentrées fiscales. Abû 'Abdallah tenta d'en apprendre davantage de son hôte sur les accusations portées contre Ali, mais il fit mine de négliger la question et lui parla de l'invitation que lui faisait la Résidence d'assister aux causeries religieuses tenues par le Commandeur des croyants pendant le mois de ramadan.

Le syndic quitta la maison de Jarmûn entièrement gagné à la cause du prisonnier, cet étranger nouvellement converti à l'islam qui affrontait un destin précaire à cause d'un gouverneur sans scrupules qui utilisait les commis et employés de l'État pour servir ses propres ambitions. Aussi, à peine rentré chez lui, fit-il prier le cadi de le rejoindre en cachette après la prière du soir.

Le syndic Abû 'Abdallah accueillit le cadi Abû Jabr al-Madhûn avec tous les égards et lui fit valoir les avantages et subsides qu'il pouvait attendre de sa part s'il voulait bien lui fournir les éclaircissements souhaités sur les accusations portées contre Ali Sancho. À quoi le cadi répondit :

— Les preuves que j'invoque contre lui figurent dans les rapports du chef de la police et je ne vois guère que ton intervention en sa faveur auprès du sultan de Fès, si tu veux lui en épargner les conséquences.

— Mais quelle est la preuve de la sorcellerie dont on l'accuse ? objecta le syndic. Quel serviteur de Notre Maître en a été victime et quel complice a pratiqué les actes de magie à sa demande ?

À quoi le cadi répondit :

— Le chef de la police indique que le jugement doit être rendu à défaut de preuve et que, si le cadi insiste, la victime du délit peut lui dévoiler et à lui seul son identité, dans la mesure où l'intérêt supérieur et la préservation de l'honneur imposent l'incognito.

— Et quelle peine encourt-il, s'enquit le syndic, au cas où vous rendriez le jugement dans les termes où vous l'envisagez ?

— Le fouet et la prison ! répondit le cadi.

— Et où est la preuve qu'il a incité les marchands à quitter la ville et nui par là aux recettes du Trésor ?

— Le départ de son mandant d'Amalfi ! rétorqua al-Madhûn. L'un des artisans de la prospérité du commerce de Salé ; le fait qu'il ait accepté de reprendre ses affaires sans y être habilité ; sa production de fausses déclarations sur ses gains et bénéfices ; son encouragement au départ de Pedro qu'il avait lui-même mandaté, et pour finir, de trois marchands qui ont tous souffert de ses déprédations et du tort qu'il a fait à la réputation de la halle !

— Et quelle peine comptez-vous lui infliger si vous établissez l'accusation ? interrogea le syndic.

— Une amende qui lui mangera tout ce qu'il a ! répondit al-Madhûn.

— Mais justement, il n'a rien !

— Je veux dire par là, dont le montant sera calculé sur la perte des rentrées fiscales de la période considérée, autant dire une grosse somme qu'il lui sera commandé de payer sous peine d'être fouetté et maintenu en prison ! Il est hors de doute que sa femme possède de quoi lui alléger le poids de cette amende, c'est pourquoi mieux vaudrait pour lui ne pas dire : « Je ne possède rien ! », mais plutôt : « Je ne dispose pas de cette somme mais je peux en acquitter au moins la moitié ou le tiers ! »

— Et qu'est-ce qui prouve qu'il a bu du vin et qu'il est un mauvais Musulman ?

— Pour ce qui est du vin, nous nous appuyons sur une outre trouvée par les adjoints dans son magasin. Quand nous l'avons présentée à l'inspecteur des marchés, ses experts nous ont appris qu'il s'agissait d'un objet fabriqué à Malaga et qui avait été utilisé suffisamment longtemps comme récipient à vin pour en être imbibé. Tel est tout au moins le constat de gens à l'odorat exercé et qui savent par des techniques particulières contrôler les récipients à la flamme.

— Et quels sont les autres signes qu'il n'est pas un bon Musulman ?

— Le fait qu'il ne soit pas encore circoncis !

— Et qu'est-ce qui vous fait dire que son mariage avec Chama est entaché de nullité ?

— La police relève à sa charge qu'il a demandé un soir en souriant au prédicateur de la grande mosquée quel statut s'applique à un homme qui a contracté les liens du mariage avec une musulmane présentée comme veuve et a payé la dot en conséquence pour s'apercevoir pendant la nuit de noces qu'elle est vierge. Cette question n'aurait pas de sens si elle ne s'appliquait pas directement à son cas !

— Et quelle peine comptez-vous lui infliger pour ces trois motifs ?

— La peine appliquée aux buveurs de vin [20], la dissolution de son mariage et son assujettissement à la capitation des Chrétiens s'il tient absolument à rester en terre musulmane !

Le chérif saadien écoutait attentivement les explications du cadi. S'étonnant de son zèle à poursuivre le détenu sur la base d'accusations aussi futiles, il lui dit :

— Crains Dieu, mon ami ! « Pour trois juges, un va au paradis... [21] »

— Ô Chérif magnanime, s'exclama le cadi, quand les gens étaient habités par la crainte de Dieu, ils rendaient sans doute plus facile à nos confrères d'alors l'entrée au paradis ! Mais en ces temps où l'audace gouverne les croyants, notre tâche est rude, semée d'embûches, et le cadi qui aspire au paradis après la mort risque fort d'abandonner ses concitoyens au feu de la discorde qu'allument les méchants chaque jour que Dieu fait et que les fonctionnaires de Notre Maître s'emploient à éteindre. Nous autres, serviteurs de l'État, vous achetons le paradis de la sécurité et ceux qui assument cette tâche sont justes dans leurs méthodes, fussent-elles fondées sur le soupçon. La protection de leurs semblables les absorbe et quoi que ceux-ci puissent leur offrir en retour, ils ne les rétribueront jamais assez de la peine qu'ils se donnent à veiller sur eux pendant leur sommeil ! Pourquoi voudrais-tu que j'aille enquêter sur le procès d'un plâtrier chrétien soi-disant musul-

---

20. i.e. Quatre-vingts coups de fouet.
21. «... et les deux autres en enfer ! » (dicton).

man que mon prédécesseur avait pris sous son aile alors que Son Excellence le gouverneur voudrait faire de lui un exemple pour ceux qui sous-estiment son autorité et plus encore ses efforts pour attirer le commerce dans cette ville ? Dis-moi ce que vaut son honneur à côté de la prospérité dont nous jouissions et dont les trésoriers de la Résidence nous rendaient grâce, au moment même où nous la voyons pratiquement décliner sous nos yeux en traînant derrière elle la misère, la honte et le malheur ? D'où vient que les habitants de cette ville ont réservé à un étranger un accueil aussi démesuré du simple fait qu'il a déclaré verbalement sa foi dans l'islam sans rien faire pour la confirmer dans ses actes ? Si tel avait été le cas, s'il était allé, mettons, guerroyer outre-mer avec les armées du sultan Notre Maître, nul doute que les Musulmans auraient fait son éloge et qu'il aurait mérité la part qui lui revenait du butin ! Comment peut-on le laisser se goberger au bord de la mer sans même chercher à voir ce qu'il mijote ? Qui sait s'il n'attend pas un ennemi venu du large pour nous attaquer, auquel il sera le premier à faire des signaux et à préparer le terrain, lui qui a su si bien se fondre à nos coutumes et à notre mode de vie et à qui « certains » ont commis l'erreur – Dieu les pardonne ! – d'accorder l'hymen d'une vierge faussement considérée comme veuve, alors que, pour dire les choses comme elles sont, al-Jurâ'î avait été incapable de la déflorer et l'avait seulement attirée dans ses filets pour se distraire tout en étant inapte à assurer la fonction du mariage. Ne conçois-tu pas que cette servante qui a eu l'insigne privilège de vivre dans les harems des plus grands serviteurs de Notre Maître, de connaître la règle de nos princes et les rouages de notre État, puisse dans certains moments de faiblesse confier à celui qu'on lui reconnaît pour mari certains secrets utilisables contre nous au cas où ils parviendraient par le biais de certains marchands étrangers jusqu'à nos ennemis en des contrées dont tu connais l'esprit de rébellion envers l'empire ? Et à supposer même que ce que raconte une bande de fainéants soit vrai, comme quoi Son Excellence ne s'en prendrait à Ali que parce qu'il a des vues sur cette servante actuellement sous sa main, est-ce que le gouverneur, par son prestige, son attachement à nous servir et à nous protéger ne serait pas plus digne que lui de cette femme, s'il veut contenter son envie d'elle ? Ne penses-tu pas qu'il est lâche et impie de la part de certains de rester dans leur aveuglement, que dis-je, leur entêtement, sans finir par reconnaître un jour un incommensurable mérite à celui qui assure la sécurité de leurs quartiers et de leurs voies et la protection de leurs biens et de leur honneur ; que c'est là la bonne attitude envers le bien et que c'est le contraire qui est le mal ?

Le Chérif s'offusqua des propos du cadi imbécile, sentant bien qu'il le rappelait lui aussi au devoir de soumission à l'égard des chefs sous prétexte qu'ils garantissaient la sécurité des gens et que c'était d'eux par conséquent qu'il convenait d'avoir peur en leur reconnaissant le droit d'exiger de leurs protégés ce qui leur faisait envie, y compris leurs propriétés les plus intangibles !

— Mais de qui nous protègent-ils au juste ? interrompit-il.

— De tous les ennemis insolents qui nous guettent ! répartit al-Madhûn. Bien mieux, ils nous protègent de nous-mêmes ! Chaque groupe humain est en guerre ouverte contre lui-même. Je dirais même plus : il y a en chacun d'entre nous deux êtres qui se détestent radicalement et quiconque veut repousser les chaînes et refuser l'autorité doit passer de l'état d'un individu uni et harmonieux à celui d'un être dissocié, je veux dire en guerre contre lui-même, avec qui aucune paix n'est possible. Or, si nous pouvions conclure cette paix en nous, nous reposerions les autres en même temps que nous-mêmes et il ne fait pas de doute que tes trois juges iraient tous au paradis !

— Je comprends maintenant, répondit le Chérif, qu'il n'y a aucun dialogue possible ni avec toi ni avec ton ami le gouverneur et que seul le fer entame le fer !

Le juge repartit presque éconduit. Lorsque le Chérif eut regagné son siège, il envoya chercher le clerc de notaire qui l'aidait à rédiger les pièces généalogiques [22] et lui dicta cette missive :

Au nom de Dieu, le Bienveillant, le Miséricordieux.

Au très clairvoyant chambellan de la Cité glorieuse,

Nous vous mandons par la présente de porter à sa Très-Auguste connaissance que le gouverneur de Salé fait querelle à la vertueuse confidente de la défunte épouse de feu son honorable père, dame Oumm al-Hurr, nous voulons parler de la veuve de l'éminent cadi et martyr al-Jurâ'î – Que Dieu le couvre de sa Miséricorde ! – porteuse d'un testament de la main de dame Oumm al-Hurr qui requiert de la traiter dignement et que Notre Maître a daigné honorer de son sceau. Or il appert que ledit gouverneur retient pour le moment en prison l'époux de la susdite, l'un de nos bienheureux convertis, et tente de faire dissoudre son mariage avec elle pour satisfaire ses propres appétits. À titre d'information et avec notre salut.

Le syndic des Chérifs de Salé et de sa région.

Après quoi il dicta au clerc cette autre lettre à l'intention de Jarmûn :

Au gouverneur délégué de la Résidence à Salé

Après la prière de rigueur pour le sultan Notre Maître, nous t'in-

---

22. I.e. des descendants du Prophète.

formons par la présente que la femme appelée Chama, fille d'al-'Ajjâl, habitant la halle aux huiles, a trouvé refuge dans la demeure des Chérifs et s'est placée sous la protection de nos fils pour échapper à la peur qui l'étreint depuis que tu as jeté son mari en prison et l'a déféré au juge. Nous avons accédé à sa demande au titre des droits prescrits en notre faveur par les ordonnances de Notre Maître et, avant lui, de son père et du père de son père – Que Dieu les ait en son paradis ! – comme celui d'être traités, nous et tous ceux qui en appellent à nous, avec respect et dignité. Et puisque cette dame tient en sa possession un acte portant recommandation de la part de la Très-noble dame entrée dans la divine Miséricorde, la princesse Oumm al-Hurr, veuve du père de Notre Maître, acte frappé du sceau de Sa Hautesse et revêtu d'un ordre d'exécution de la main de son chambellan et Très-Heureux serviteur toujours en fonction, nous avons écrit et fait porter hier en urgence à la Résidence une lettre par laquelle nous demandons l'assurance que ladite dame sera respectée comme tous ceux dont le bonheur dépend du sien, nous voulons parler de son époux retenu dans ta prison, convaincus que nous sommes qu'il n'a commis aucun acte préjudiciable à sa religion, ni à son honneur, ni aux liens d'obéissance qui le lient à Sa Hautesse. En foi de quoi nous t'avisons afin que tu attendes la réponse de la Résidence et qu'aucune sentence de juge, d'inspecteur ou d'huissier ne soit d'ici là prononcée contre le prisonnier et cela jusqu'à notification de l'avis du palais valant agrément et règle d'agir.

Le syndic des chérifs de Salé et de sa région.

Jarmûn lut la lettre et entra dans une violente colère en pensant qu'il aurait pu jeter Ali et sa femme en prison. Il s'exaspéra contre le Chérif qui venait contrecarrer ses plans et le surprendre par son attitude, vu qu'aucun intercesseur n'avait encore poussé le zèle jusqu'à écrire à la Résidence à son sujet, et par ses affirmations selon lesquelles Chama détenait une recommandation d'Oumm al-Hurr qu'il avait cru jusqu'alors n'être qu'une simple lettre de circonstance à l'intention d'Ibn al-Hafid. Il n'avait pas prévu ce défi à sa personne, tout en sachant que la politique de rapprochement et d'alliance menée au même moment par la Résidence à l'égard des Chérifs ne lui laissait aucun espoir de faire avorter l'intervention du syndic ou d'empêcher la venue d'une réponse du sultan.

Ce qui le rendait plus furieux encore, c'était que le syndic faisait accompagner Khawda par l'un de ses serviteurs pour rendre visite chaque jour à Chama, la consoler dans l'épreuve et porter à Ali dans sa prison de la nourriture, des vêtements et d'autres objets qu'on lui remettait en main propre et lui permettait d'utiliser en vertu des privilèges du Chérif. Il fut bien plus gêné encore dans cette affaire lorsqu'il reçut d'un des grands commis de la Résidence qu'il gratifiait de généreux pots-de-vin la confirmation que la lettre du chérif était bien arrivée, qu'il n'était pas possible de laisser le sultan dans l'ignorance de son contenu et qu'il valait mieux ne pas s'entêter à faire juger Ali sous peine d'inciter la Résidence à ordonner une enquête sur le principal chef d'accusation retenu contre lui, à savoir l'incitation des marchands à quitter Salé, et de voir confier ladite enquête à des fonctionnaires qui ne l'appréciaient guère, voire même lui vouaient une franche hostilité.

20

En recevant la lettre de Fès, Jarmûn comprit que ce qui risquait de lui attirer les plus gros et les plus sûrs ennuis était le déficit des taxes commerciales. Pensant qu'il était en son pouvoir d'y remédier, il écouta ceux de ses conseillers qui lui suggéraient d'avancer le terme de la réadjudication des baux des boutiques, entrepôts et commerces de la halle en tirant par le biais d'enchérisseurs fictifs les prix des loyers vers le haut. Mais la manœuvre eut le résultat inverse de l'effet escompté en ceci que, dès l'ouverture des enchères, la plupart des marchands renoncèrent à leurs locaux. Bien que le jeu des comparses fût rapidement découvert, ni le percepteur, ni l'inspecteur des marchés ni les représentants du gouverneur qui assistaient à la chose n'eurent assez de doigté pour rattraper d'emblée la situation, ne fût-ce qu'au vu de la réaction des marchands. Au contraire, ils s'obstinèrent à poursuivre les enchères jusqu'au bout.

Hormis le logement d'Abou Moussa, constitué bien de mainmorte héréditaire dévolu aux extatiques, l'appartement de Chama et de Ali vide de ses occupants et ceux de Touda et de Julia tenus à l'écart de l'opération, on ne trouva pour accepter la hausse que cinq mandataires agissant au nom de bailleurs de cités lointaines, qui n'enchérirent qu'avec la plus extrême prudence et avec l'engagement de l'inspecteur des marchés de les rendre quittes au cas où, une fois consultés, leurs commanditaires refuseraient le nouveau loyer.

Lorsque Jarmûn apprit le résultat de l'entreprise, il laissa exploser sa fureur et, vitupérant ceux qui l'avaient dirigée, les menaça des pires représailles. Après quoi il fit chercher le syndic des marchands en lui demandant d'inciter les locataires démissionnaires à revenir sur leur décision et à accepter pour la forme l'augmentation qui leur était infligée en échange de sa promesse de l'annuler au plus tard dans les deux mois suivants. Mais ceux-ci refusèrent toute forme de transaction écrite et exigèrent la défalcation de la taxe de magasinage qui les avait échinés en leur ôtant toute possibilité d'accaparement des marchandises pour les vendre au meilleur prix.

Excédé par leur attitude, Jarmûn veilla à ne donner aucun signe d'abdication, toute concession ne pouvant selon lui qu'affaiblir la crainte révérencielle sur laquelle reposait l'édifice de son pouvoir et qui comptait davantage à ses yeux que la vie des gens. Et afin d'exprimer sa colère aux réfractaires, il envoya ses gardes pour les inciter par la force à vider les lieux et à enlever leurs marchandises dans le délai d'une journée.

21

Chama avait trouvé sa place dans la maison du syndic aussitôt qu'elle était allée y chercher refuge et protection, au moment même où elle pensait que son mari risquait fort de rester en prison si elle ne faisait rien pour le défendre, que Jarmûn n'avait aucune raison de la ménager tant qu'il tenait son mari entre ses mains et que, pour contrer ses plans diaboliques, elle devait connaître la nature des accusations portées contre son époux.

Dans cet abri sûr qu'était la maison du Chérif, elle était l'objet de toutes les sollicitudes et de toutes les bontés. Le bruit qu'elle s'y était réfugiée s'était propagé dans toute la ville et les demoiselles de famille comme les dames de la noblesse se rendaient auprès d'elle – le plus souvent en cachette – pour la réconforter, lui offrir leur aide et alléger sa peine.

Quant aux membres de la maison du Chérif, Chama jouissait auprès d'eux, malgré sa petite naissance et bien qu'elle habitât encore la halle aux huiles, de toute la considération due à une femme qui avait évolué dans les maisons des dignitaires et des princes, sans compter l'estime particulière qu'on lui portait pour avoir lié sa vie à un homme qui avait embrassé l'islam en son âme et conscience, admiré pour son métier, son goût raffiné et son esprit créatif.

Toutefois, loin de se satisfaire des faveurs dont elle jouissait au titre de ces motifs et considérations, pas plus que de sa condition de réfugiée inspirant la pitié et la commisération, elle se fondait à la vie de sa nouvelle maison en mettant à son service les formes d'organisation raffinées où elle était experte, ainsi que les vues particulières qui lui avaient attiré de tous temps l'attention bienveillante des dames des grandes maisons, que ce fût dans la préparation des plats ou l'organisation des banquets, le choix des meubles et de la vaisselle, l'enseignement des arts domestiques comme la broderie, la couture, la composition des colliers, le choix des bijoux, le don d'en dessiner de nouveaux pour les joailliers ou d'imaginer de nouvelles coupes pour les couturiers, la création de parfums originaux extraits de pétales de fleurs, de roses et de plantes variées, la préparation de potions revigorantes et lénitives à base de fruits et de racines arbustives, ou enfin la fabrication de produits cosmétiques et de maquillage à base d'écorces d'arbres et d'aubier, d'huiles essentielles, de poudres minérales et de mixtures.

En plus de tous ces talents, Chama était la référence permanente des femmes de son entourage pour tout ce qui touchait la subtilité des relations entre époux, le traitement des états propres à la féminité, l'art de cacher ses sentiments par des signes particuliers, sans parler de sa connaissance des devoirs religieux, des actions recommandables et des sermons adaptés à chaque situation.

Et quand bien même n'eût-elle rien possédé de tout cela, le don divin qui s'exprimait à travers elle lui eût-il pleinement suffi. Car sa beauté rare faisait penser à Dieu et n'eût jamais pu comme telle constituer un attrait vers le péché.

Mais cette beauté, elle l'avait toujours ressentie comme un fardeau. Même les femmes les plus jalouses en parlaient à leurs maris comme d'une grâce qui illuminait le sexe tout entier. C'est pourquoi elle refusait d'accorder la moindre attention à sa personne pour ne pas tomber dans le travers de la vanité et paraissait continuellement préoccupée de détourner les regards de son apparence à l'éclat toujours renouvelé, à en faire une fraîcheur et une paix pour ceux qui gravitaient autour d'elle et a en atténuer l'ardeur par la modestie, l'oubli de soi et le dévouement.

Mais cette beauté, si elle la regardait à la fois comme une grâce et comme une épreuve, elle eût craint en voulant l'effacer d'être ingrate à son Seigneur ou d'éteindre sa lumière, puisque la faire briller comme le jour était Sa volonté. C'est pourquoi elle s'attachait malgré tout à l'entretenir, à la faire resplendir par ses gestes et ses sourires gracieux, ses expressions châtiées, son extrême politesse, sa sociabilité, la pudeur de son regard, bref, par tout ce qui pouvait faire de cette beauté une révélation capable d'imposer le respect au monde, dénuée de cette violence qui échauffe les instincts, un peu comme le paon merveilleux qui suscite à la fois chez celui qui l'admire l'éblouissement et la sérénité.

22

L'effondrement du commerce dans la halle aux huiles secoua la ville sur ses fondements. Tout le monde prévoyait à Salé que la crise affecterait non seulement le montant des taxes locales prélevées pour le compte du sultan mais plus lourdement encore la vie des habitants. Ainsi, avec le déclin des échanges dans l'enceinte de la halle, ce ne furent pas seulement les marchands, les courtiers, les rédacteurs d'actes et de contrats, les artisans, les propriétaires d'immeubles et les bailleurs qui virent leurs ressources disparaître, mais aussi les muletiers, les âniers, les portefaix, les peseurs de marchandises, de grains et de métaux précieux qui furent durement touchés, au même titre que les masseurs des étuves, les vendeuses de pain, les fabricants de couffins, de sparteries et de sacoches à bestiaux, les rôtisseurs, les vendeuses de henné et de *harqous*** à la sauvette, sans oublier les récitateurs de Coran dans les banquets et tous ceux qui vivaient des aumônes et des offrandes déposées dans les troncs des mausolées. Tous ceux-ci en éprouvèrent une grande gêne et crurent que la chance leur avait tourné le dos, que le monde s'était distrait d'eux et qu'ils avaient mérité le fouet qui leur lacérait la peau. Car si depuis qu'on leur avait assigné Jarmûn pour gouverneur ils avaient certes subi ses abus, ils n'en avaient pas moins profité de la prospérité de la halle, véritable cœur battant de la ville avec son commerce cosmopolite tourné dans toutes les directions.

La caravane du pèlerinage fit son retour à Salé et on l'accueillit avec les festivités de rigueur. Cette année-là on hébergea le temps d'une nuit les pèlerins du Tamesna pour leur permettre de se laver dans les bains et chez les barbiers de la poussière du voyage et, pour les plus fortunés d'entre eux, de faire leurs emplettes sur les marchés. Mais les pèlerins du cru furent saisis par la torpeur ambiante, comme si la ville eût été soumise à une profonde saignée, et mesurèrent bientôt l'ampleur de la catastrophe qui frappait leur cité restée florissante pendant des siècles et que ses marchands et ses bourgeois originaires de toutes les contrées et de toutes les religions avaient maintenant quittée ; sans compter les propriétaires de boutiques ou d'entrepôts situés dans la halle même qui se retrouvaient brusquement confrontés au chômage, à la ruine et à l'inconnu.

Parmi les habitants de Salé de retour cette année-là, certains prétendirent encore avoir vu l'individu connu sous le nom d'Abou Moussa. On l'avait aperçu à la station de 'Arafa, pendant la marche entre Safa et Marwa ou dans la ronde autour de la Ka'ba. Ils le clamèrent haut et fort dans leurs cercles de retrouvailles, en se soutenant mutuellement. Si aucun d'eux n'affirmait qu'Abou Moussa était venu à sa rencontre, lui avait parlé ou avait répondu à son salut, tous disaient l'avoir vu sans s'expliquer comment il avait fait pour s'éclipser du champ de leur vision et échapper à l'obligation de décliner son identité pour dissiper les doutes et les hésitations.

Peu importait à ceux qui prétendaient l'avoir rencontré cette année-là les enquêtes et inquisitions menées par le gouverneur à l'encontre de leurs prédécesseurs. D'ailleurs, leurs allégations ne donnèrent lieu cette fois-ci à aucune poursuite de sa part ni de la part du chef de la police, soit parce que l'enquête précédente avait conclu à la nécessité de laisser courir de semblables rumeurs pour renforcer la croyance populaire selon laquelle les saints fleurissent aux époques où règne la vertu, soit parce que les autorités de Salé se heurtaient à de si graves et épineux problèmes du fait de la politique fiscale aventureuse dans laquelle leur despotisme les avait entraînées qu'elles n'avaient plus de temps à consacrer aux autres affaires du moment.

Ces témoignages et l'écho qu'ils suscitaient parmi les gens renouvelèrent l'intérêt pour Abou Moussa dans la ville et tous ceux qui s'intéressaient à l'événement corroboraient les dires par leur propre vision de l'homme et de son aura de sainteté que personne jusque-là n'avait cru bon de remarquer. L'un d'eux, qui commerçait dans les pays d'Orient, rapporta même que le capitaine d'un bateau chrétien lui avait raconté qu'un individu de Salé dont le signalement correspondait à celui d'Abou Moussa lui avait demandé un jour à s'embarquer d'Alexandrie à destination du Maghreb et que, tandis qu'il l'avait refusé à bord, l'homme avait resurgi devant lui à chacune de ses escales sur la route de l'ouest pour lui ricaner au visage et disparaître, au point qu'il avait failli en perdre l'entendement.

De fait, jamais personne n'avait encore osé approcher Abou Moussa ni partager avec lui autre chose que les salutations de rigueur et la prière du vendredi, excepté Ali Sancho, le nouveau converti qui l'accompagnait sur le rivage en le suivant sans dire un mot. Cela restait un mystère pour tout le monde. Personne ne savait du reste que ledit Abou Moussa n'avait accepté cette compagnie qu'à la demande d'une femme qui ne savait toujours pas elle-même quelle force l'avait poussée vers lui et qui, lorsqu'elle s'était retrouvée faceà-face avec lui devant sa porte, avait débité des paroles indépendantes de sa volonté.

Quant à son refuge de la grotte, il n'était ni secret ni fermé ; les bergers curieux y pénétraient sans oser toucher aux fruits racornis qu'il cueillait aux arbres du désert ouvert librement à chacun, ni aux poissons séchés qu'il pêchait dans la mer et trempait dans le sel acheté une fois l'an avec le salaire de son unique journée de travail dans la halle comme portefaix, ni à l'huile d'éclairage de ses deux résidences qu'il puisait au gré de ses besoins à la jarre d'offrandes de la Grande Zaouia, ni aux algues dont il se nourrissait quasi quotidiennement.

Il était devenu l'un des sujets de conversation favoris des cercles de Salé. On évoquait à son propos la mémoire des ascètes, des Vénérables et des Vertueux de la ville aux siècles passés. Un jour qu'on prononçait son nom dans une assemblée d'oulémas, leur chef s'exclama : « Jamais on n'a autant prêté à un mortel qu'on prête aujourd'hui à Abou Moussa, cela, à mon avis, parce qu'il n'a rien, ne veut rien et est, partant, son propre maître ! » À quoi l'un des membres de l'assistance objecta que la vertu consistait à être utile aux autres et pas uniquement à soi-même. Toutefois, après la confrontation des points de vue et l'inventaire des archétypes, on en arriva à cette conclusion qu'il existait trois catégories d'hommes : celui qui est utile aux autres et rien qu'utile, celui qui ne leur est ni utile ni nuisible et celui qui ne leur est rien que nuisible. Quiconque suivait attentivement le cours du débat et savait lire entre les mots, comprenait que tout tournait autour de Jarmûn et du fait de savoir si, une fois admis le mal qu'il faisait, il était utile aux gens d'aucune manière et si son opposé, l'ascète Abou Moussa, était réellement utile aux gens une fois dit qu'il ne leur faisait aucun mal. Ceux qui accordaient au gouverneur une utilité la voyaient dans sa répression des voleurs et des bandits de grand chemin et ceux qui en reconnaissaient une à Abou Moussa arguaient, même s'il ne s'agissait là que d'une utilité passive, que Dieu n'éprouve pas ceux parmi qui vivent des saints. Et les tenants de cette thèse de citer à l'avenant les prodiges des saints de jadis et le cas de cet illuminé dont Abou Moussa avait hérité du logement, lequel, lorsque les gens étaient sortis de la mosquée et l'avaient vu en train de lutiner une ânesse en prétendant qu'il réparait les voies d'eau d'un navire, avait été fustigé par les uns et failli être expulsé par les autres, jusqu'au moment où des marins de Salé rescapés de la campagne des marches orientales avaient témoigné à leur retour sur la terre ferme que leur bateau s'était fissuré et qu'ils avaient vu un individu qui lui ressemblait surgir pour le réparer miraculeusement. Enfin, la réunion s'acheva sur une ironie mêlée de tristesse et d'amertume quand un quidam s'exclama : « Ah ! si seulement Abou Moussa pouvait œuvrer à faire revenir le commerce dans la halle ou nous délivrer par sa sainteté de l'injustice sous laquelle nous ployons ! »

Si Chama avait assisté au conseil et entendu la conversation entre les notables, elle aurait eu de quoi prouver de manière irréfutable l'utilité manifeste d'Abou Moussa. Elle était encore sous le coup de ce qui s'était passé le soir où les adjoints du gouverneur l'avaient conduite chez leur maître et où elle avait pu lui échapper grâce à sa crise de démangeaison avant d'apprendre de la bouche de son mari qui avait passé la nuit dans la grotte qu'Abou Moussa n'avait pas cessé de s'y gratter.

Mais cette histoire, quand bien même eût-elle assisté au débat, elle n'eût pu la raconter. C'était un cauchemar dont le spectre la hantait encore et la hanterait toujours puisqu'une — ou plutôt deux femmes, avaient connaissance de cette invitation et la regardaient sous l'angle du soupçon sans rien savoir de ce qui s'était passé vraiment. Car cette histoire en vérité avait deux faces, représentées, l'une par ce qui était arrivé au gouverneur sous ses yeux, l'autre par la description que son mari lui avait faite de l'état d'Abou Moussa dans sa grotte. Si, à moins de se boucher les yeux, la relation entre les deux ne faisait pour elle aucun doute, la certitude de pouvoir l'utiliser le cas échéant comme argument à sa décharge n'en requérait pas moins que l'affaire fût portée devant un juge intègre qui aurait besoin de deux témoins pour confirmer chacun ce qui lui était arrivé : Jarmûn et Abou Moussa, ce qui en tout état de cause ne pouvait s'envisager.

Face à cette impossibilité pour la justice humaine de se manifester, Chama restait innocente devant Dieu seul. Quant aux gens, elle savait pour être femme que, même s'ils témoignaient un jour de son innocence, ils n'oublieraient jamais totalement qu'on l'avait soupçonnée, et ce soupçon constituait déjà à lui seul la moitié de sa culpabilité.

23

Cela faisait deux mois que Ali était détenu dans la prison du cadi et qu'on différait son jugement dans l'attente de la réponse de la Résidence à la requête du syndic des Chérifs de Salé, délai dans lequel ce dernier estimait que la lettre devait lui parvenir. Chama s'inquiétait chaque jour davantage pour son état, pensant que, peut-être, Jarmûn avait réussi à empêcher la lettre d'arriver jusqu'au sultan ou soudoyé quelqu'un au palais pour conseiller à Sa Hautesse d'épauler l'autorité du gouverneur qui affirmait consacrer tous ses efforts à la sauvegarde des impôts plutôt que de s'intéresser au sort de ce prisonnier sans défense. Elle n'écartait pas non plus l'hypothèse que la lettre fût arrivée, porteuse d'un juste décret en faveur de l'opprimé, mais que l'exécution en resterait suspendue par manque de diligence et de disponibilité ou, qui sait encore, à cause d'une de ces machinations dont Jarmûn avait le secret pour parvenir à ses fins.

Mais la réponse à la requête du syndic ne tarda pas à venir, avec l'ordre du sultan de libérer le prisonnier Ali et de délivrer à Chama son épouse un traité de sauvegarde pérennisant le testament de la princesse Oumm al-Hurr et faisant entrer les membres de son entourage dans le cercle de la protection, de telle sorte qu'elle n'ait à subir, ni elle ni aucune des personnes qui appartenaient à ce cercle, nulle injustice ou poursuite de la part des autorités et qu'il ne soit exigé d'elle ni de ses proches aucune des contraintes et servitudes exigées du peuple, y compris celles dues à la personne du sultan.

Le gouverneur fit libérer Ali sur le champ, lui rendit une partie de l'argent qu'il lui avait saisi à titre d'amende et s'excusa d'avoir lésé ses droits à cause des renseignements erronés fournis à son sujet par la police de Salé. Dans le même temps, il fit porter au syndic des Chérifs l'original de la lettre patente arrivée de la Résidence au nom de Chama et informa de son contenu le cadi et les grands serviteurs du sultan dans la cité.

Le Chérif donna fête en sa demeure pour célébrer le couronnement de ses efforts, du moment que Dieu l'avait aidé à lever une terrible injustice en se conduisant conformément à son rang et comme le défenseur des valeurs sacrées, de l'honneur et des vertus qu'il se devait d'être et qu'on attendait qu'il fût.

Jarmûn ne parut ni honteux ni gêné et exécuta sans broncher les ordres qui lui étaient dictés, comme s'il ne faisait, dans un cas comme dans l'autre, ni plus ni moins qu'exécuter la volonté de son maître avec le désir sincère de le contenter. Car ses audaces et ses excès, Jarmûn les mettait sur le compte de son zèle à servir le sultan, au même titre que ses ambitions personnelles. Quant aux gens de Salé, ils virent dans la libération de l'opprimé et dans l'interdiction faite au gouverneur de s'en prendre à une femme qu'ils savaient victime de ses pièges et de ses ruses, une gifle du sultan à l'adresse de Jarmûn et une leçon à méditer, y trouvant pour leur part un soulagement et une victoire, fût-elle illusoire, à l'égard de leur dignité bafouée.

Les échos de la lettre reçue par Chama en provenance du palais et de la libération consécutive de son époux – dont tout le monde croyait à l'innocence sans oser le soutenir en paroles ni en actes – résonnèrent dans la ville entière.

En vérité, elle éprouvait une vive déception à la pensée qu'un tyran avait été à même d'exercer son injustice sur un innocent sans trouver personne pour l'arrêter. Elle avait souvent médité cette tragédie en se demandant si la virilité n'était pas après tout qu'une légende qui devait son existence et sa pérennité au seul fait qu'elle n'était jamais soumise à ce genre de critère et si le courage n'existait pas que sur les champs de bataille. Elle était d'autant plus déçue qu'elle aurait aimé voir la défense du droit face à l'oppresseur portée par une communauté entière ou par quelqu'un d'autre que le Chérif, afin que ses coreligionnaires en ressortissent grandis aux yeux de son mari venu récemment à l'islam, comme si elle craignait que toutes ces épreuves ne finissent par porter atteinte à sa foi encore jeune et qu'il n'en vînt à la renier. Peut-être même avait-elle imaginé et espéré que le lien qui les unissait reposerait sur une double alliance, l'une avec son Seigneur dans le cadre de la religion, assez solide pour résister à toutes les épreuves aussi rudes soient-elles, l'autre avec elle, qui ne lui dissimulerait pas l'amère réalité des choses; en préférant qu'il s'attachât davantage à la première, tout cela pour se dire en fin de compte: « Le principal, c'est qu'il reste mien! Je continuerai à panser ses blessures en attendant que Dieu lui inspire la logique qui a fait que ce qui est arrivé est arrivé. »

24

Compte tenu du privilège en bonne et due forme dont Ali et Chama jouissaient dorénavant de la part du sultan, nul ne pensait à Salé qu'ils retourneraient habiter la halle, d'autant que, depuis que les marchands l'avaient désertée et que Jarmûn avait autorisé la location des logements, boutiques et entrepôts vacants à des femmes seules venues d'endroits plus vétustes ou du quartier situé au pied du rempart nord de la ville, il ne s'y pratiquait plus guère d'activité respectable. Pour toutes ces raisons et suivant son désir personnel de la garder attachée à sa demeure, le syndic des Chérifs croyait que Chama suivrait son incitation à changer de lieu de résidence, vœu pareillement exprimé par les membres de sa famille qu'elle charmait par sa gentillesse et son commerce agréable, outre qu'il eût été possible de lui trouver un logement convenable pour elle et son époux, indépendamment des biens *habous* dont le gouverneur contrôlait l'attribution.

Mais, faisant la preuve de sa modestie, elle insista pour retourner à la halle avec Ali. La vérité qu'elle continuait de dissimuler à tous, même à lui, était son intime conviction qu'Abou Moussa était un saint et qu'elle préférait l'avoir plus que tout autre pour voisin. Elle seule savait que, consciemment ou non, il entrait pour quelque chose dans l'événement fabuleux qui s'était produit la nuit de son invitation chez le gouverneur. Elle croyait plus que quiconque que ce qu'on racontait sur sa présence annuelle au pèlerinage par le miracle du voyage instantané était vrai et n'admettait aucun doute. Elle se rappelait comment il avait répondu à son souhait que Ali l'accompagnât à la mer chaque fois qu'il s'y rendait et sentait toute la sérénité que son époux en retirait. Elle n'oubliait pas le réconfort qu'il leur avait prodigué le jour où Jarmûn s'en était pris à Ali et où les gens les avaient fuis comme des pestiférés. Et puis, préoccupée par la solitude d'exilé de son époux, sa fragilité de nouveau converti, elle ne le sentait en sûreté avec personne. La fréquentation de croyants chancelants ou peu regardants sur la morale du fidèle ne risquait-elle pas de le perturber davantage ? Elle aurait voulu parfois se défaire de cette idée et se dire qu'il lui eût été sans doute profitable de se fondre à tous les milieux et d'affronter les différences pour s'endurcir et affermir ses convictions, du moment qu'il lui faisait chaque soir un rapport détaillé de tout ce qu'il avait vécu, vu ou entendu. Libre à elle après cela de corriger ce qui devait l'être. Mais elle ne pouvait se délivrer de cette inquiétude qui l'habitait depuis quelques jours à son sujet, comme s'il eût été dit qu'elle allait le perdre ou en être privée.

Le syndic laissa les époux se remettre doucement de leur épreuve en sa demeure et, après quelques semaines passées à recevoir les félicitations des nombreux visiteurs venus célébrer la fin de leur cauchemar, ils retournèrent à la halle où ils purent vérifier de leurs yeux les changements survenus dans ce lieu réputé jadis pour son commerce, que la plupart de ses marchands avaient abandonné et dont seuls Abou Moussa et huit femmes se partageaient désormais les étages: Touda, Julia et six nouvelles occupantes arrivées pendant leur absence.

En l'espace de quelques jours, Chama apprit à connaître de vue ses voisines, sans pour autant s'engager avec elles dans des privautés susceptibles d'abolir la distance de rigueur. Et à supposer même qu'elle eût souhaité connaître leurs vies, tout ce qu'elle eût pu leur offrir avec son âme sensible et son cœur généreux n'eût été que pitié et tendresse.

25

Biya, une petite boulotte blanche de peau, avait vécu depuis son enfance dans la maison d'un cheikh des Zenata près d'Anfa, l'ancienne ville du Tamesna, parmi la domesticité nombreuse d'une grande demeure peuplée de quelques dizaines de personnes, au nombre desquelles le cheikh, ses frères et tous ceux, épouses, concubines, fils, filles et belles-filles qui y vivaient et y travaillaient. Dans les traditions de ces sédentaires de vieille souche, rompus au travail de la terre et aux arts équestres, chez qui la santé et la pureté du sang étaient regardées comme le critère de la beauté et parmi lesquels une stature mince et élancée était un trait dominant,

Biya, de par l'évidence de sa petite taille, était qualifiée de « montagnarde » par ses rivales jalouses. Pourtant, malgré sa rondeur, elle était rude au travail. C'est pourquoi les épouses et les concubines bataillaient pour l'avoir à leur service et se décharger sur elle d'une grande part de la préparation des repas et des boissons, de l'entretien des lits et des autres tâches qui leur incombaient à tour de rôle tous les douze jours.

En grandissant, Biya avait ajouté à ses talents domestiques l'art de la danse au son du hautbois zénète réputé exciter l'ardeur des cavaliers et des combattants. Mais elle possédait quelque chose d'autre, qui faisait son orgueil et sa fierté et la jalousie de ses semblables : sa longue et épaisse chevelure noire qu'elles comparaient entre elles à la crinière d'une jument, qui, lorsqu'elle la portait nouée sur ses épaules pour ne pas la laisser traîner par terre, ressemblait à un lourd couffin et dont l'humidité et la salinité de l'air marin qui ratatinaient les cheveux des autres jeunes filles, ne parvenaient pas à ternir l'éclat.

La jalousie de ses rivales de la maison du cheikh leur faisait dire parfois que la santé de sa chevelure venait du fait que ses parents étaient des Masmouda de la montagne buveurs d'eau-de-vie de raisin cuit à la mode des Juifs auxquels ils avaient été mêlés à une époque de leur vie. Chaque fois que Biya entendait de pareilles injures, elle protestait agacée : « Je ne connais pas cette eau-de-vie dont vous parlez et je n'en ai jamais bu ! Peut-être que ma mère en a bu ou m'en a mouillé les cheveux quand j'étais petite. À part cela, Dieu m'a donné ce qu'il a cru bon de me donner, un point c'est tout ! », ce qui ne l'empêchait pas, lorsqu'elle y repensait au fond d'elle-même, de se demander pourquoi il fallait toujours que les gens ramenassent les belles choses à l'erreur ou au péché !

Et quand ces envieuses ne trouvaient pas le moyen de la vexer ou d'étouffer leur rage, elles prétendaient qu'elle était bien trop préoccupée du soin de ses cheveux pour faire ce qu'on exigeait d'elle et qu'elle préférait perdre son temps chez les droguistes pour y acheter des peignes, du henné ou des clous de girofles. Elle répondait à qui l'en blâmait que le soin remerciait le don, même si ce don l'avait exposée bien des fois à de réels sévices, comme la nuit où elle s'était endormie après la réception harassante de plusieurs tribus et s'était aperçue au réveil qu'on lui avait coupé un tiers de ses cheveux avec les ciseaux à tondre les moutons. D'abord dans le doute, elle s'était crue la proie d'un horrible cauchemar, puis, se frottant les yeux et se rendant à l'évidence, elle s'était mise à hurler, horrifiée, à jurer et à pleurer. Les auteurs supposés de l'infamie défilèrent devant ses yeux et, au lever de la maisonnée, les uns compatirent et les autres se réjouirent. Personne n'était dupe que l'instigateur ne se confondait pas avec l'exécutant, que, pas plus qu'on ne pouvait prouver la participation du premier, on ne pouvait accuser ni même blâmer le second, pourtant bien connu et identifié : un adolescent gâté qui n'était autre qu'un des fils du cheikh et de sa femme préférée.

L'histoire de Biya avec cette ribambelle de fils était, comme pour les autres servantes, une longue histoire. Elle avait eu beau être caressante avec les petits, obligeante avec les grands, c'est par leur faute qu'elle avait dû quitter la maison le jour où deux d'entre eux s'étaient querellés pour une affaire de tapis à disposer dans leur chambre et avaient demandé chacun à Biya de s'en charger en refusant à l'autre de l'utiliser pour lui.

Le cheikh décida donc de se passer de Biya sans la renvoyer chez ses parents des monts du Tadla, puisqu'il savait que sa vie n'était plus là-bas. Il s'entendit pour cela avec l'un de ses frères qui s'apprêtait à accompagner une caravane de tribus Zenata au moussem * organisé autour du tombeau d'un martyr des Regraga enterré dans la forêt de la rive gauche du Bouregreg et c'est ainsi que, sur son ordre, elle se retrouva au nombre des femmes du cortège.

Au troisième jour de la fête, un adjoint du chef de la caravane l'invita à assister un moment au spectacle d'une troupe célèbre pour sa danse extatique et ses chants de louange propres à la circonstance. Biya adorait ce qui transportait l'âme. C'est pourquoi, dès que retentit la voix des chanteurs, elle fut l'une des premières à s'élancer dans leur cercle et à se mettre à danser sur leurs mélodies rythmées par les *duffs*, dans un état de transe profonde. Son foulard de tête se dénoua et sa chevelure tomba jusqu'à terre, ondulant de droite et de gauche au rythme des voix et des flexions de son torse. Tous les spectateurs furent envoûtés et nombreux furent ceux qui, tirés de l'extase spirituelle des chants et des louanges, se mirent à contempler bouche bée le bouquet musqué de cette femme aux chairs molles et diaphanes dont le voile de corps avait chu dans le feu du ravissement pour révéler le simple appareil de sa beauté.

Une femme de Salé se trouvait là, qui ne cessait de regarder Biya et de méditer sur elle, comme si son expérience des êtres et des choses lui eût permis de lire dans sa vie, d'entendre le cri de ses douleurs enfouies et la nostalgie de ses rêves déçus. Aussi, lorsque les transports de Biya furent retombés et qu'elle eut retrouvé son calme, la femme se précipita vers elle pour éponger sa sueur, ramasser sa robe, l'aider à remettre ses cheveux et à sortir du cercle, après quoi elle attendit le moment de l'interroger et de parler longuement avec elle pour tout savoir sur sa personne.

Tandis que le soleil inclinait au couchant, Biya s'évada d'entre ses mains pour se mettre en quête de l'adjoint qui l'avait accompagnée dans le cercle. Mais il avait disparu. La femme sur ses talons, elle courut au campement de ses compagnons zénètes mais quelle ne fut pas sa surprise de voir que ceux-là mêmes qui l'avaient amenée avaient levé le camp et étaient repartis avant l'heure du départ fixée à l'aube du lendemain.

Elle courut, tourna dans tous les sens, puis s'assit et éclata en sanglots, s'avisant soudain qu'on l'avait attirée jusque-là pour se débarrasser d'elle comme d'un chien enragé qu'on éloigne pour l'empêcher de revenir. Comprenant tout dès lors, elle se remémora les indices ayant pu laisser présager qu'elle n'avait plus sa place dans la maison du cheikh aussi vaste fût-elle. Quant à voir dans cette invitation au moussem une ruse pour la reléguer, elle avait été trop naïve pour cela. Elle avait beau se dire qu'elle n'avait fait de mal à personne ni péché par écart de conduite, elle savait que c'était l'intérêt même de la maison qu'elle avait servie depuis sa tendre enfance qui avait exigé qu'on la rejetât aujourd'hui sans égards ni pitié, que ces mâles arrogants ne juraient que par « l'intérêt de la famille » et jouaient avec bien des destins en son nom. Certes, depuis qu'elle avait senti poindre en elle la sève de la jeunesse, elle avait pensé que, si elle voulait construire ce nid dont rêve toute femme dans sa vie, il fallait que le cheikh la mariât à l'un de ses aides pour lui permettre, comme d'autres avant elle, de rester avec lui au service de la maison. Mais à cause des rumeurs qui avaient commencé à circuler autour d'elle et des frictions qu'on l'avait injustement accusée d'attiser entre les fils du cheikh ou entre ses neveux, elle avait senti cet espoir s'effriter peu à peu. Elle voyait qu'il n'en fallait pas plus pour l'arracher à son terreau natal, elle qui s'était imaginé qu'un homme viendrait la demander en oubliant sa petite taille regardée comme une tare chez ces hommes et ces femmes à la stature remarquable.

Elle comprit qu'elle ne pourrait pas retourner chez le zénète après avoir manqué la caravane et qu'on la renverrait sans entendre ses excuses. Quand à la femme de Salé qui avait tout deviné avant elle et avait répondu à des questions troublantes, Biya s'aperçut qu'elle se comportait tout comme si elle avait reçu pour mission de la recevoir des mains de son convoyeur pour la conduire vers son nouveau destin.

Force lui fut de la suivre jusqu'à Salé où elle habitait seule avec une servante noire. Dès le lendemain, elle remarqua que son hôtesse commençait à la traiter comme une maîtresse sa servante mais avec une bonté qui ne paraissait pas sans arrière-pensée, tandis que des hommes élégamment vêtus venaient assister chez elle à des séances où elle tenait absolument à lui faire jouer le rôle de sa servante et de sa domestique.

Contrainte à rendre des services particuliers dans des maisons respectables sans savoir les gages qu'encaissait sa maîtresse, elle se retrouva peu à peu l'esclave de cette femme introduite dans les milieux fortunés et puissants.

Comprenant bientôt à quel sort on l'avait destinée, elle renonça à tout espoir de se couler dans une existence ordinaire et apprit à vivre la vie d'une femme seule dans la ville. Tout ce à quoi elle put arriver au bout de maintes et maintes années, après bien des disputes et sur la requête de personnes influentes dont elle était devenue elle aussi l'amie, fut de s'émanciper de sa tutrice. C'est là que, sur l'incitation de ses adjoints, Jarmûn l'appela à quitter un quartier où elle était devenue indésirable pour s'installer dans la halle aux huiles abandonnée par les marchands.

26

Ijja, dont le nom signifie « parfum », avait été vendue, enfant, par le mari de sa mère en période de disette et pour quelques mesures d'orge seulement, à un Bédouin de la plaine qui l'employa avec d'autres bergers à la garde de ses troupeaux jusqu'au jour où, devenue jeune fille et jalousée par sa femme, il la revendit à une troupe de baladins qui allaient entre villes et campagnes jouer pour les notables dans leurs maisons.

Composée de quatre hommes et de cinq femmes plus âgées qu'elle qui officiaient dans les mariages pour un public masculin et féminin, la troupe avait à sa tête un fameux poète de *zajal* âgé d'une soixantaine d'années qui, bien que traitant ses collaborateurs avec bonté, les soumettait à la règle sévère dans laquelle on l'avait éduqué. Ainsi marquait-il sa fidélité à son maître dans ce métier pratiqué avec respect et qui, parce qu'il l'était avec l'assentiment des pairs, devait s'exercer selon lui dans le cadre de la dignité, raison pour laquelle il enseignait aux membres de sa troupe, et aux femmes en particulier, à développer leur art de façon à susciter le ravissement et à satisfaire les penchants esthétiques du spectateur sans jamais le conduire hors des limites de la pudeur.

Ijja apprit à jouer de la flûte en roseau et du *duff*, à marquer le rythme avec les clochettes, à moduler sa voix et, ayant acquis au fil des jours un vaste répertoire de *melhûn*, elle devint sans contredit l'étoile de la compagnie qui semblait avoir retrouvé grâce à elle un sang neuf et un regain de popularité. Et si elle n'osa jamais demander à une seule de ses compagnes quel destin l'avait amenée jusque-là, elle ne doutait pas que chacune d'elles possédât une histoire comparable à la sienne et pensait que les détails étaient superflus, du moment qu'elles acceptaient leur servitude à l'égard de cet homme auquel les liait un sentiment de crainte et de vénération.

Une année, à la fin de l'automne, passé la saison des mariages et des fêtes, le chef de la troupe emmena ses compagnons en pèlerinage au tombeau d'un saint de la montagne en emportant assez de victuailles pour mener bonne vie pendant plusieurs jours. Sur un marché, avant la montée, il acheta pour les hommes et les femmes de beaux vêtements et chacun se réjouit intérieurement de voir le chef satisfait de la tournée estivale qui avait rapporté, au prix de continuels déplacements pour satisfaire la demande, une recette honorable et un succès prédisant de nombreux engagements pour l'avenir.

Arrivée sur les lieux du célèbre tombeau, la compagnie en fit la visite ; le chef distribua les aumônes aux descendants du titulaire, ainsi qu'aux pauvres et aux récitateurs de Coran installés à demeure, après quoi l'on alla s'installer dans un logis loué pour l'occasion. Le chef manifesta l'envie d'une panade à l'agneau et, au comble de la joie et de l'allégresse, les femmes mirent tout leur art à préparer le souper. Après le repas, la troupe se mit en position de chanter, cette fois pour son propre plaisir, et ce fut une joyeuse nuit. Entre deux airs, le chef priait Dieu pour lui et ses compagnons et ils répondaient « amen ! » à ses invocations.

À la fin de la séance, il leur dit :

— Mes enfants ! écoutez-moi. À son âge, Ijja ne peut rester seule plus longtemps. Si elle y consent, je la prendrai demain pour épouse selon la coutume de Dieu et du Prophète et sous l'égide du saint auprès duquel nous nous trouvons. Vous savez que je l'ai achetée et que je vous prends tous comme témoins. J'ai à faire dans un village d'à côté où j'irai demain matin. Prenez de l'argent, achetez un mouton à un berger, égorgez-le pour l'occasion, donnez-en une part aux pauvres et préparez-nous un souper convenable par la grâce de Dieu.

Les hommes félicitèrent le chef, lui souhaitèrent santé et longue vie et tous s'en allèrent dormir, laissant les femmes seules avec Ijja, encore toute désorientée par cette proposition qu'elle n'aurait pu s'imaginer ne fût-ce qu'un seul instant. Puisqu'elle ne s'appartenait pas à elle-même et n'était pas sous la tutelle de parents responsables de ses jours, elle s'était habituée à chasser de son esprit toute idée de mariage, sans compter qu'elle était engagée dans un travail où l'on avait besoin d'elle, qu'elle croyait à la chance et dans l'existence d'un Seigneur meilleur pour les gens qu'ils ne l'étaient pour eux-mêmes. Si elle s'était figuré les moyens susceptibles de changer le cours de sa vie, elle se serait vue attirer le regard d'un commanditaire ou d'un spectateur de la troupe qui aurait négocié son rachat à son maître à un prix qu'il n'aurait pu refuser. Mais elle savait que si la chose devait arriver, elle ne pourrait être le fait que d'un chef militaire, d'un capitaine de navire ou d'un commerçant étranger, vu qu'aucun notable ou fils de famille ne consentirait ou ne serait admis à prendre pour concubine une danseuse vagabonde.

Ses compagnes l'entourèrent pour alléger sa surprise et son embarras. Elles lui dirent qu'elles avaient toutes connu le même sort. Le chef les avait d'abord achetées, exercées au métier, puis les avait épousées à un âge déterminé pour les répudier au bout de deux ans en leur donnant le choix de rester dans la troupe ou de la quitter libres. Quant aux hommes, aucun n'avait le droit d'épouser l'une de ses collègues, fût-il épris d'elle ou eût-elle un penchant envers lui et, à peine pensait-il au mariage, qu'il était renvoyé et remplacé par un autre.

Le chef de la troupe prit donc Ijja pour femme, si ce n'est que, contrairement à ce qui s'était passé jusqu'alors, il était parvenu au moment de l'épouser à un âge où son âme refusait la dureté qu'il s'était fait devoir d'imposer aux autres. Sa passion, cette fois-ci, était patente et la discipline de la troupe en fut affectée. Ijja l'accaparait si pleinement qu'il en oubliait certains engagements. Sa santé commença à défaillir. Une nuit que la troupe se produisait à Salé, il tomba évanoui au beau milieu de la représentation. Il traîna sa maladie dans une chambre d'hôtel, pendant que ses compagnons attendaient sa guérison. Lorsqu'ils furent réduits aux extrémités, il les congédia sans appel et ils se dispersèrent aux quatre vents. Ijja resta à son chevet, travaillant dans les grandes maisons de la ville pour le nourrir. Deux mois après le départ des siens, il rendit l'âme et Ijja resta là où il l'avait laissée, louant ses services lors des fêtes à des troupes de passage, en proie à tous les maux qui guettaient les femmes dans sa situation.

27

Mallala était la fille d'un de ces maîtres d'école itinérants qui enseignent dans les campagnes en échange d'un salaire fixé par contrat avec les communautés villageoises pour une durée d'un an ou davantage. Sa mère était morte au sortir de l'enfance et, par pitié pour la petite, son père ne s'était pas remarié dans l'attente qu'elle eût trouvé un mari. Il l'aimait à la folie et on lui en faisait reproche dans un milieu où l'on avait coutume de ne pas dorloter les enfants pour ne pas les défavoriser dans la vie, encore que, n'exerçant pas lui-même un métier rude pour gagner sa subsistance, il en fût excusable d'une certaine façon.

Homme instruit, il avait enseigné la lecture à sa fille et la faisait assister à ses leçons de l'école coranique, assise à côté de lui sa tablette à la main, sans forcer ses facultés d'apprentissage et d'attention. Pour avoir passé la majeure partie de son enfance au milieu des garçons, elle les connaissait mieux que personne ; elle se chicanait avec eux et leur imposait ses quatre volontés en leur agitant la menace de son père. Nombre d'entre eux la détestaient pour cela, même si certains profitaient de son affection et des friandises de toutes sortes que le maître recevait des familles.

Quand Mallala montra les signes de la maturité, son père demanda à l'une des femmes qui venaient lui commander des talismans pour guérir les maladies ou raviver le sentiment de s'occuper d'elle et de la surveiller sur certains points.

Mais Mallala ne montrait nul penchant pour la fréquentation des personnes de son sexe. En la voyant grandir, son père s'inquiétait doublement à l'idée de ne pouvoir supporter que le mariage l'en séparât et de compromettre lourdement ses chances d'être engagé comme maître d'école coranique s'il gardait avec lui sa fille en âge d'être mariée, sans compter qu'il ne voyait pas comment elle accepterait d'être confiée à sa grand-mère ou à l'une de ses tantes maternelles. S'il ne pouvait plus décemment l'emmener avec lui pendant la leçon, il voyait qu'elle s'ennuyait de rester seule à la maison, d'autant qu'il s'absentait parfois la nuit pour rédiger des contrats de mariage, célébrer des 'a*qiqas**, assister à des repas de funérailles ou pour d'autres occasions. C'est pourquoi elle le contrariait beaucoup en manquant sans cesse à sa promesse d'être fidèle aux cinq prières du jour. Et puisque les gens du village lui fournissaient à tour de rôle la nourriture préparée, elle n'apprenait pas à cuisiner, pas plus qu'à blanchir le linge, à coudre ou à effectuer aucune des tâches sur lesquelles reposerait son existence, dès lors qu'il relevait des devoirs des élèves envers leur maître de s'en acquitter pour lui.

Une nuit, en rentrant d'une 'a*qîqa*, il la trouva en pleurs. Comme, attristé, il insistait pour en connaître la cause, elle se campa devant lui d'une manière inhabituelle et lui demanda de la marier à l'un de ses grands élèves qui avait terminé ses études et était retourné au travail de la terre.

Alors qu'il la questionnait sur les démarches préalables à sa demande, elle lui dit que telle était l'expression de son désir et que l'intéressé lui-même n'en savait rien, en ajoutant que, ou bien le mariage se faisait ou bien elle se jetait dans le puits à ablutions de la mosquée.

La prenant au sérieux, le père faillit à son tour pleurer devant sa fille. Il se contint cependant, la rassura et lui dit : « Je m'en vais demain, si Dieu le veut, régler cette affaire ». Ces mots lui firent retrouver son sourire et elle s'endormit profondément.

Le maître envoya chercher son ancien élève et lui fit sa proposition en le priant de la taire au cas où il la refuserait et, pour le cas où il consentirait à devenir son gendre, d'inciter lui-même ses parents à demander la main de Mallala.

Du moment que son maître était pour lui comme un père et que rejeter son offre eût tenu de l'ingratitude, l'élève ne pouvait refuser. Par ailleurs, Mallala n'était pas une mauvaise fille et le serait moins encore quand la charge d'un mari, d'une maison et de plusieurs enfants lui aurait fait perdre sa malice éprouvée. Quant à la mère et aux frères du garçon, ils ne pourraient rien lui refuser, lui qui représentait pour eux le salut dans l'au-delà, qui savait le Livre par cœur et faisait leur fierté devant tout le village chaque fois qu'il remplaçait l'imam pour en réciter la moitié d'un seul souffle, sans une hésitation, pendant la prière de la Nuit du Destin.

L'élève donna son accord et incita ses proches à aller demander la main de la fille sans leur dire que la chose venait d'elle. Les notables du village prirent à leur charge le trousseau de la mariée et la préparation de la noce qui eut lieu le septième jour suivant la fête du Sacrifice.

Mallala s'installa dans la maison de son époux mais refusa d'emblée de mettre la main à la pâte et c'est par égard pour le maître d'école que le marié et les siens supportèrent sa paresse. Moins de deux mois plus tard, elle partit un matin en larmes et alla se réfugier auprès de son père à la mosquée en lui demandant de faire mettre un terme à ce mariage, de la faire répudier et de l'emmener assez loin pour ne plus avoir à entendre parler d'un homme qu'elle avait assez vu et dont elle détestait l'odeur. Nul ne put la faire renoncer à son caprice, ni son mari, ni sa belle-famille, ni son père, ni aucun de ceux à qui il demanda de la raisonner.

Le mari se conforma au vœu de son maître en répudiant sa fille et le père à celui de sa fille en allant s'établir ailleurs. À peine s'était-il installé dans son nouvel emploi que Mallala faisait le tour des maisons pour dévoiler à tous son humeur fantasque et querelleuse. Deux partis se formèrent: ceux qui demandaient la résiliation du contrat du maître dès lors que le comportement de sa fille contredisait la dignité de sa fonction et ceux qui considéraient que le problème se résoudrait de lui-même dès qu'un homme du village viendrait demander sa main.

Ce fut de nouveau Mallala qui choisit celui qu'elle voulait épouser en la personne d'un jeune désœuvré, fils du muezzin de la mosquée. Le père pressentit le fils qui accepta sans délai, à condition que son futur beau-père assumât les frais de la noce et subvînt aux besoins des époux après le mariage. Et comme cette fois-ci le fiancé ne comptait pas parmi ses anciens élèves et que sa fille portait le stigmate de la répudiation, force fut au maître d'accepter.

Mais la situation des époux ne tarda pas à se dégrader. Le mari n'hésitait pas à corriger sa femme chaque fois qu'elle laissait percer ses mauvaises habitudes ou regimbait à son ordre d'apprendre ce qu'une femme doit savoir faire dans le cadre du foyer. Chaque fois que le père voyait les traces de coups sur le corps de sa fille, il en souffrait et se mettait à pleurer. Pourtant, bien qu'incapable d'obéir à ses ordres, Mallala aimait profondément son mari.

Ne pouvant supporter davantage de voir sa fille souffrir et les habitants du village s'affliger de le voir s'enliser dans une situation indigne de sa position, le maître décida de chercher une nouvelle affectation et, puisque Mallala refusait de le laisser partir sans elle, elle dut se résoudre au divorce.

Il retourna auprès des siens avec elle, dans l'espoir de se reposer un peu de ses tracas, le temps de chercher un engagement dans une autre tribu. Mais, réfractaire à la surveillance que lui imposaient ses proches, Mallala ne cessait de les provoquer et de leur attirer des ennuis.

Quand le maître eut épuisé ses économies, il partit vers le nord en quête d'un nouveau contrat sans céder cette fois-ci aux supplications et aux menaces de sa fille qui voulait ou qu'il reste ou la prenne avec lui.

Quelques jours après son départ, alors qu'une caravane de marchands venant du Hawz et se rendant à Salé avait fait halte pour la nuit au village, Mallala s'entendit secrètement avec l'un d'eux pour qu'il l'emmenât dissimulée dans son chargement. Arrivé à Salé, il y séjourna quelques jours et reprit sa route en laissant Mallala derrière lui. La ville lui fit la grimace et elle s'offrit malgré elle aux aléas du destin, jusqu'à en oublier d'où elle venait, sachant qu'elle ne pouvait plus repartir.

28

Fille d'un savetier d'Azemmour, Kabîra avait une silhouette harmonieuse, un beau visage et des yeux ardents. Depuis qu'elle avait pris conscience d'elle-même au début de l'adolescence, elle se voyait comme la Bilqis [23] de son temps, digne des éloges des amies de sa mère et toute désignée pour épouser un haut dignitaire, un proche ou un ami du sultan.

Quand elle allait puiser de l'eau avec ses compagnes, elle attendait qu'elles fussent reparties et que la surface du lac s'aplanisse pour y contempler longuement son visage avec ravissement. Elle essayait des poses, tantôt prenant un air détendu, tantôt faisant la grimace, tantôt souriant, tantôt esquissant une moue, allant parfois jusqu'à se défigurer et à rajuster ses traits comme pour prouver que sa beauté pouvait survivre à toutes les critiques.

---

23. Nom arabe de la reine de Saba.

Elle aurait aimé se partager en deux afin que chaque moitié puisse contempler l'autre, de devant et de derrière, inlassablement. Elle protégeait son visage du soleil, ses cheveux du vent, ses pieds de l'eau et n'était nullement convaincue que ses doigts eussent besoin de henné pour être plus beaux. Elle observait sans cesse ses petites camarades pour mesurer ses attraits aux leurs : les yeux, les sourcils, la taille, le nez. Lorsqu'elle remarquait une belle sans défaut, elle disait : « Je veux bien, mais il n'y en a pas une qui ait des oreilles aussi fines et aussi bien proportionnées à sa bouche et à son visage que les miennes ! » Elle pensait que si sa mère venait à paraître dans une fête, tout le monde la reconnaîtrait et la regarderait comme « la mère de Kabîra » ; que son père, qui passait ses journées à raccommoder les chaussures des bergers et des paysans avec le nez imprégné de l'odeur des peaux, avait tout lieu de se croire supérieur aux notables et de s'en démarquer par la beauté de sa fille et que si ses parents avaient un espoir d'avoir jamais un nom et une place dans le monde, cet espoir, c'était elle !

Un jour que le fils d'un savetier de la même confrérie que son père était venu demander sa main, elle se fâcha, proféra des injures et, considérant cette demande comme une machination, interdit qu'on en parlât à personne. Un autre jour que le fils du patron de l'atelier de tissage et de broderie était venu la demander, elle lui conseilla de continuer à filer bien sagement pour son père en attendant d'en trouver une qui lui convienne et daigne s'intéresser à lui. Ce fut cette fois-ci la mère du prétendant qui souhaita que la tentative de son fils ne fût pas ébruitée.

Vint également pour la solliciter, le fils d'un charmeur de serpents qui se disait protégé de leur venin par son affiliation à un saint tutélaire et qui gagnait en montrant ses reptiles sur les marchés et en soignant les sujets mordus des sommes insoupçonnées pour un art de cette nature. Mais ce fut cette fois-ci la mère de Kabîra qui dispensa sa fille de répondre en congédiant la mère du garçon à coup d'injures et de soufflets. C'est ainsi que Kabîra, la fille du savetier, la petite mijaurée qui repoussait les prétendants, humiliait leurs parents et bafouait les coutumes par pure vanité et par pure prétention devint la légende d'Azemmour.

Les années s'écoulèrent et, si elles n'effacèrent pas l'histoire de Kabîra des mémoires, elles ne lui apportèrent pas non plus le noble chevalier attendu, capable de glorifier la nature pour avoir mis tant de perfection dans la fille d'un savetier et à qui sa beauté eût su faire oublier ses origines, la condition de ses parents et son ignorance des devoirs qui incombent aux épouses des demeures seigneuriales.

Chaque jour qui passait rapprochait Kabîra du célibat à perpétuité, au point que les femmes et les jeunes filles du quartier s'étaient mises à l'appeler « La fille du savetier sans chaussure à son pied ». Ses parents dont elle était la fille unique en étaient affectés. Leur peine redoubla quand elle montra les premiers signes d'une maladie qu'on désigna du nom de « possession » et que certains expliquèrent par le fait qu'un sultan des djinns s'était épris d'elle pour sa beauté alors qu'elle n'était encore qu'une enfant, que c'était lui qui avait contredit toutes ses chances de se marier, qu'elle était devenue son épouse et qu'il venait l'habiter de temps en temps.

Sa mère trouva dans cette histoire un tant soit peu de consolation et, même si le père la susurrait du bout des lèvres lorsqu'on l'interrogeait, le mariage de sa fille avec un roi des djinns ne l'en dispensait pas moins de faire appel aux faiseurs d'amulettes et de sortilèges les plus renommés pour la conduire à la transe et l'exorciser. Il avait beau y consacrer son temps, son argent et ses efforts, il n'en était pas moins quitte pour l'emmener faire la tournée des saints et veiller des nuits entières sur leur tombeau.

Lorsque Kabîra releva de la possession, tout autour d'elle lui raviva sa blessure : un mot de sa mère, qu'elle prenait pour une condamnation de son état, comme si elle en était responsable ; le son d'un orchestre, l'écho des youyous accompagnateurs d'un cortège de fiançailles, d'une noce ou de réjouissances familiales, les ragots de telle voisine qui, sous prétexte de venir leur demander une poignée de sel ou de levure, en profitait pour leur lancer l'air de rien qu'elle avait assisté à une *'aqîqa* chez son premier prétendant, à la noce du deuxième ou du troisième.

Tout cela lui inspirait un tel dégoût d'elle-même qu'elle songeait à se venger sur sa personne. Le désir brûlant lui en montait des entrailles. Elle était la proie de visions et de phantasmes qui lui faisaient perdre la tête et oublier les conséquences.

Elle résolut de chercher son salut hors de cette ville qui avait réduit impitoyablement ses espoirs à néant, où elle avait vu tous ses rêves s'évanouir en fumée et qui l'avait punie indûment d'avoir tiré fierté d'une chose qui n'est pas donnée à tout le monde et se nomme la beauté.

Ces pensées, elle les tournait dans sa tête chaque midi, du haut du balcon de sa maison perchée sur la falaise dominant l'embouchure de l'Azemmour. Elle avait passé tant de temps sur cet observatoire qu'elle connaissait par cœur les mouvements des navires qui pénétraient dans le port pour charger ou décharger des marchandises, qui rentraient de la pêche en mer ou pêchaient l'alose sur le fleuve en saison. À force d'observer les capitaines qui allaient et venaient, elle savait ceux qui étaient du pays et ceux qui étaient d'ailleurs. Elle reconnaissait à leur pavillon les bateaux des autres villes, mais surtout ceux de Salé qui étaient les plus nombreux. Parmi ces derniers, elle s'intéressait plus particulièrement à un vaisseau de taille moyenne, doté de cette proue élancée qui faisait la fierté des chantiers navals de la ville. Chaque fois qu'il rentrait au port, on voyait son capitaine debout sur le gaillard d'avant, un homme grand et fort dont les larges joues hâlées reflétaient les rayons du soleil comme des miroirs articulés. Il semblait tel le mât dont l'assise et la droiture assurent l'équilibre du bateau, dressé comme au cœur de la bataille, le front bandé d'un fichu bleu, vêtu seulement d'un gilet de cuir qui laissait nues ses larges épaules, d'un sarouel de couleur jaune et chaussé comme elle pouvait l'imaginer de ces bottines de cuir lacées par une longue lanière de peau spécialement faites pour les marins.

Pendant des semaines, elle ne regarda que lui, tramant autour de cet inconnu toute une histoire qu'elle souhaitait conclure au plus vite, avant de le voir disparaître vers une autre destination. Elle ne doutait pas qu'il l'avait vue de loin parmi les fleurs de son balcon acclimatées à l'air marin et qu'il pouvait, s'il le voulait, identifier la rue, voire la maison même dans laquelle elle habitait puisqu'il passait la nuit à Azemmour où il venait sûrement depuis longtemps.

Un jour, à l'heure du rendez-vous hebdomadaire habituel, au moment où la proue du navire fendait les vagues à l'entrée du port, Kabîra referma la porte du balcon derrière elle et sortit le mouchoir blanc qu'elle avait préparé en se tenant légèrement en retrait pour ne pas être vue des fenêtres voisines. Puis, une fois assurée que c'était bien son homme, elle combattit sa gêne et commença à agiter son mouchoir. Le marin remarqua son geste mais n'y répondit pas. Elle savait qu'il ne pouvait pas le faire au moment où des dizaines d'yeux convergeaient vers l'embouchure depuis les balcons. Mais qu'importe. Elle était sûre qu'il l'avait vue lui faire signe, qu'il avait reconnu en elle cette femme toujours assise immobile au même endroit, à telle enseigne que, pour lui faire comprendre qu'il avait remarqué son signal – ou plutôt son message – il resta tourné vers elle jusqu'au moment de disparaître derrière la boucle où les bateaux mouillaient à l'abri du vent.

Le lendemain, juste avant le lever du soleil, à l'heure où la flotte de Salé quittait le port, elle était à son poste, agitant son mouchoir, et lui sur sa proue, si ce n'est qu'il continua cette fois-ci de regarder dans sa direction jusqu'à ce que le navire eût dépassé l'estuaire et viré vers le nord en longeant la côte.

La semaine suivante, le rendez-vous eut lieu au retour du bateau dans le port. Si Kabîra ne doutait plus d'avoir fait parvenir son message, elle n'en restait pas moins à attendre la réponse en craignant que ce petit jeu ne se répétât indéfiniment sans la mener nulle part.

Dans la soirée, on frappa à sa porte. Son père était encore à la mosquée. Elle ouvrit et une femme lui dit :

— Un marin porteur d'une lettre d'un de vos parents d'Andalousie me charge de vous dire qu'il est à l'hôtel des étrangers et que, si vous voulez prendre cette lettre, vous voudrez bien envoyer quelqu'un la chercher demain avant l'aube, heure de son départ.

— C'est que…, répondit-elle, nous n'avons personne en An… !

Avant de rectifier à voix basse :

— Dis-lui… Dis-lui que quelqu'un viendra la prendre à l'heure dite.

Avant l'aube, elle enfila une djellaba de laine appartenant à son père pour tromper les veilleurs de nuit et les gardes du port. Près de l'hôtel des étrangers, elle avisa un Noir qui devait être un marin, à en juger par sa boucle d'oreille à la forme caractéristique. Elle s'approcha pour l'interroger. Il était de l'équipage. Après s'être assuré qu'elle venait bien chercher la lettre, il l'entraîna dans un coin à l'écart, hors de la lumière du fanal, déroula un sac de lin de dessous son bras, lui fit signe d'y entrer, puis la chargea sur son dos et partit en courant dans le noir. Elle l'entendit s'arrêter, parler à des hommes qui devaient être des gardes, puis repartir, parcourir une certaine distance, puis marcher sur du bois, descendre quelques marches et poser doucement le sac sur le sol.

Elle se retrouva dans la cabine du bateau. Elle s'assit, tremblante d'émotion et de peur, dans l'attente d'une heureuse surprise. Balancée par le mouvement du navire dans sa course, elle resta assise pendant plusieurs heures, entendant des voix sans jamais voir personne.

La porte s'ouvrit enfin. Entra un homme à la peau foncée, peut-être celui qui l'avait amenée dans le sac. Il lui sourit et lui demanda comment elle allait, puis posa à boire et à manger devant elle et ressortit en refermant la porte derrière lui. Quelques heures plus tard, il revint pour desservir et la fit sortir pour lui montrer où elle pouvait trouver de l'eau si elle voulait s'abluer.

Depuis toute une journée, le bateau faisait route. La tête lui tournait un peu. Elle s'inquiétait de n'avoir pas encore vu celui qu'elle présumait avoir répondu à ses signaux. Un instant, l'angoisse la saisit à la pensée qu'elle avait été enlevée pour être vendue comme esclave par un inconnu qui connaissait son histoire, son désir de partir et qui avait surveillé le moindre de ses mouvements. Mais le marin noir vint allumer une lampe fixée à la cloison de la cabine et disperser l'obscurité. À peine était-il reparti qu'elle vit entrer celui à qui elle

avait adressé son message, dont la silhouette et la physiono-
mie lui étaient devenues si familières qu'elle le voyait en
songe. Il la salua le premier en l'appelant par son nom et lui
dit qu'il avait payé quelqu'un depuis plus d'une semaine pour
reconnaître sa maison et lui faire le récit de sa vie ; qu'il avait
pensé faire une bonne action en la délivrant et en soulageant
ses parents de leur charge. Il lui demanda pour finir :

— Où comptes-tu aller ?

Avant d'ajouter d'un ton rogue :

— Je te débarquerai à Salé dans le sac avec lequel tu es sortie d'Azemmour. Oublie à jamais les circonstances de ton
départ et celui qui t'y a aidée, sinon, ce marin que tu as vu
aura toutes bonnes raisons de te couper la langue partout où
tu te croiras en sécurité. Si j'étais musulman comme toi, j'au-
rais demandé ta main à ton père, mais je ne suis qu'un Chrétien de l'ouest de l'Andalousie et la religion nous sépare,
même si, à vrai dire, après trente ans passés en mer, je n'at-
tache plus guère d'importance à ce genre de frontières ! Mais
dis-moi maintenant : où comptes-tu aller ?

Surprise et terrifiée, elle comprit que cet homme de bonne
volonté, s'il avait voulu lui être charitable, était aussi un rustre
et un orgueilleux qui n'aurait rien de plus pressé que de se
débarrasser d'elle et qu'il n'était en rien ce sauveur qu'elle
s'était prise un peu trop vite à imaginer, elle à qui la chance
n'aurait jamais pu sourire aussi facilement. Sans lui donner
réponse, elle alla pour lui baiser la main en signe de reconnaissance mais il la repoussa de cette même main ferme et
solide, la première main étrangère qui la touchait, non pas
pour l'étreindre comme elle l'avait pensé, mais pour la rejeter. Elle recula, le rouge au visage, envahie par la tristesse et
fondit en larmes sous ses yeux jusqu'au moment où il ressortit en fermant la porte derrière lui.

De l'espace voisin, elle entendait monter des rires et des voix d'hommes sans savoir si le capitaine se trouvait parmi eux. Un mur arrêtait sa pensée. Elle était là, abasourdie, hagarde, sur un bateau qui cinglait vers Salé, incapable de dire où elle allait à l'homme qui l'avait aidée à fuir. De nouveau les questions l'assaillirent. Devait-elle le supplier de l'aider encore ? Devait-elle descendre dès son arrivée à Salé et l'oublier à jamais lui et son bateau ? Chez qui trouverait-elle refuge ? Avait-il abordé la question du mariage avec autant de légèreté pour lui ôter toute illusion semblable à celle qui l'avait jetée dans cette aventure ? Était-il donc si vertueux qu'il lui demandât de garder cette grosse robe de laine pour qu'elle ne prît pas froid en mer ? Est-ce que la femme qui avait servi d'intermédiaire dans sa fuite colporterait son histoire dans tout Azemmour ? Cela inciterait-il son père à se lancer à la poursuite du capitaine pour retrouver finalement sa trace et venir la dénicher à Salé ?

Elle s'endormit vers minuit et ne fut réveillée que par la chaleur du jour et l'humidité suffocante, trouvant à ses pieds une petite collation qu'elle mangea après avoir fait ses ablutions.

De nouveau, le capitaine parut devant elle et elle put le voir de près pour la première fois à la lumière du jour. Ses forces l'abandonnèrent et elle se sentit défaillir face à la virilité de cet homme qui, d'une voix qui lui fit fondre le cœur, lui reposa la même question que la veille : « Où comptes-tu aller quand nous arriverons à Salé ? » Elle ne put que répondre devant une telle froideur :

— Fais de moi ce que tu voudras !

À ces mots, il sortit et lui dit :

— Mets la djellaba de ton père, le vent va de nouveau pincer.

Le bateau arriva de nuit à Salé et, au lieu d'entrer au port, jeta l'ancre près de la rive nord de l'estuaire où l'on mit à l'eau un petit canot. Le matelot noir s'approcha de Kabîra, ouvrit le sac sur lequel il avait pratiqué une fente pour lui permettre de respirer, le lui enfila sur le corps, le souleva par le côté des pieds et la fit descendre dans l'embarcation avec l'aide d'un autre marin. Ils l'emmenèrent à terre et, pendant que son compagnon ramenait le canot, le Noir la porta jusqu'à une maison habitée par une vieille femme qui cuisait pour son dîner une bouillie de blé sur un fourneau à la lueur d'une chandelle.

L'homme lui chuchota quelques mots et s'en alla après avoir posé délicatement le sac sur le sol et l'avoir retiré de Kabîra qui pensa en la voyant que la femme était une servante du capitaine ou une personne de confiance à qui il pouvait laisser des objets en souffrance.

La vieille la surprit par ses paroles de regret et de pitié. Mais elle ne lui demanda ni d'où elle venait ni où elle allait. Elle lui apprit simplement qu'elle habitait dans le cimetière au pied des remparts face à la mer et qu'elle pourrait passer la nuit chez elle jusqu'à l'ouverture des portes de la ville à l'aube, puisque l'homme qui l'avait amenée lui avait laissé un dirham pour la nuitée.

Kabîra comprit que ce que son esprit n'avait pu concevoir était précisément ce qui était arrivé. Après avoir rencontré un homme à qui elle aurait pu exprimer, s'il avait voulu d'elle, tout ce que la vie peut suggérer de plus fort, voici que ce même homme la jetait dans un cimetière en rompant tous les liens qu'elle avait imaginés avec lui. Demain, elle serait happée par une ville pleine d'autres hommes qui n'auraient pas comme lui la faiblesse de craindre Dieu ou la loi, ni sa force pour comprendre ses appels et se dominer face à sa beauté si jamais elle leur disait : « Fais de moi ce que tu voudras. » C'est pourquoi, lorsqu'elle vit le sort qui l'attendait, elle fut parcourue d'un frisson et une sueur froide lui mouilla le corps. Elle sentit que son âme était devenue aussi dure que du bois, qu'elle était parvenue à créer en elle ce monstre qui lui permettrait de se venger à sa manière en quittant la peau d'une femme disposée à prendre et à donner pour se glisser dans celle d'une momie desséchée qui n'aurait que faire qu'on la prenne de force ou bien pour de l'argent.

29

Raqqûsh avait été une jolie fillette d'un gros bourg de l'est du Tamesna, un pays fertile et riche dont les hommes et les femmes avaient l'âme chevaleresque et le corps sain. Son père, qui n'avait pas de terre, était un métayer fier de ses enfants qui avaient fait son renom, si bien que les propriétaires lui proposaient de l'associer à l'exploitation de leurs domaines. À quelqu'un comme lui, garçons et filles étaient profitables. Rarement les travaux de labourage et de récolte sont laissés aux seuls hommes. Les femmes les y aident en plus de leurs tâches domestiques, d'éducation des enfants et de certains travaux des champs comme le sarclage.

Depuis sa tendre enfance, Raqqûsh avait pris part à ces activités qui avaient fait de son père un paysan renommé. Elle possédait le don inné de monter toutes sortes d'animaux comme les ânes pour le transport du fumier, des graines ou des récoltes ; les mulets qui, rebelles à tous, lui étaient doux et obéissants; les chevaux sur lesquels elle filait plus vite que le vent et qu'elle montait à cru sans qu'il lui fût besoin de les frapper du fouet ou de l'aiguillon, au point que les cavaliers la citaient en exemple. Surtout les juments lui étaient dociles et les taureaux, furieux lorsqu'ils entendent l'oiseau du rut au printemps, lui obéissaient au doigt et à l'œil.

Raqqûsh n'avait jamais eu besoin de personne pour la maintenir ou l'aider à monter à dos de cheval, d'âne ou de mulet. Elle ne cherchait pas de monticules pour s'en servir de marchepied. Il lui suffisait d'un bond pour se retrouver calée sur sa monture à laquelle elle collait pour la conduire avec son cœur, non à l'aide d'une guide.

En grandissant, Raqqûsh s'affirma comme l'âme de la maison paternelle, celle qui y régissait tout et la menait de main de maître à tel point que, hormis les pourparlers avec les propriétaires à la saison des labours, son père et ses frères ne faisaient rien sans elle.

À mesure qu'elle avançait en âge, tous craignaient qu'elle ne se mariât et qu'il n'en résultât une sorte de « vide domestique », dû à la perte de cette faculté prodigieuse qu'elle avait de mouvoir les autres, d'incarner la marche des travaux et de veiller sur le capital familial, notamment par le soin des animaux. Car les filles comme Raqqûsh étaient convoitées par les mères qui les retenaient pour leurs fils bien avant leur nubilité du fait de l'avantage qu'il y avait pour les familles à se les associer, ainsi que de l'aide et de l'enrichissement qu'elles représentaient pour elles.

Elle était bonne à marier depuis tout juste deux ans quand l'un des notables de la tribu qui donnaient leurs terres à ferme à son père la demanda pour son aîné. Ces fiançailles étaient source de fierté pour les deux parties. La jeune fille était connue pour ses qualités, sa santé robuste et l'on pouvait d'autant moins reprocher au propriétaire d'avoir déchu à sa condition en faisant alliance avec son métayer que ce dernier s'était lui-même enrichi au cours des dernières années.

La préparation de la noce eut lieu à l'automne. On dépensa force dirhams pour le trousseau de la mariée, l'habillement des membres des deux maisons et de leurs proches, le renouvellement des meubles et de la vaisselle, l'abattage de plusieurs bœufs et de plusieurs moutons, la farine et les aromates, de manière à flatter les notables des tribus invitées, qui se connaissaient entre elles, rivalisaient d'orgueil et se rencontraient au moment de la grande foire.

À mesure que le mariage approchait, la tristesse gagnait les membres de la famille – la mère en particulier, à cause d'une chose à laquelle tout le monde pensait et dont personne ne parlait, comme s'il ne s'agissait ni plus ni moins que de comparaître au jour du Jugement dernier. Car Raqqûsh qui personnifiait la chasteté par excellence allait être jugée à l'aune de ce critère fragile qu'imposent les traditions en en magnifiant la portée et le sens et en en faisant le symbole de la pureté, au point d'en arriver, si rien ne prévaut en sa faveur, aux plus graves conséquences comme la désignation à la vindicte publique, la demande de remboursement des frais et le marquage de la fille et de tous les siens au sceau de la légèreté.

Quant à la famille du marié, elle avait adopté l'attitude agressive qu'il est convenu d'afficher envers celle de la fiancée à compter de l'instant où celle-ci accepte l'alliance, chacun, grand ou petit, exprimant cette brutalité à sa manière, laquelle trouve son ultime illustration dans la dureté de mots et de comportement manifestée par la délégation qui vient chercher l'épouse pour la conduire à la demeure de l'époux comme s'il s'agissait d'une action guerrière ou d'un rapt organisé.

Raqqûsh fut donc amenée et, au bout de quelques minutes, les parents du marié annoncèrent qu'elle n'était pas digne d'entrer dans leur tribu et sous leur protection. C'est pourquoi ce qui restait de la fête se déroula dans la torpeur. La plupart des gens étaient stupéfiés, à commencer par Raqqûsh qui ne comprenait pas comment cela pouvait être ni comment il eût pu en être autrement. Elle n'avait jamais rien aimé d'autre que monter à cheval et réjouir son père de ses soins et eût-elle dû le faire toute sa vie qu'elle n'aurait pas eu besoin d'autre chose pour parfaire son bonheur. Mais qui aurait bien pu la croire ou empêcher les langues de jacasser sur elle et de la calomnier?

Quelques jours plus tard, elle retourna chez sa mère où elle se rendit à l'évidence que plus personne ne réclamait ses services. Son père l'évitait. Dévorée de chagrin, sa mère se cachait d'elle pour pleurer tandis que ses frères songeaient à lui demander de partir pour toujours et que ses sœurs qui la toisaient avec mépris ne partageaient plus rien avec elle en secret ni au grand jour. Tout s'effondrait autour d'elle et pourtant, elle n'avait rien fait de mal, offensé aucun dieu!

Une nuit que son père et ses frères étaient partis au marché et que sa mère et ses sœurs s'étaient endormies après leur départ, elle se glissa au dehors, enfourcha un coursier, prit la direction du nord jusqu'au fleuve et obliqua vers la côte, évitant habilement les marcheurs en chemin et chevauchant si bien qu'elle arriva deux jours plus tard en vue des remparts de Salé. Laissant filer sa monture, elle entra dans le village au pied de la muraille, décidée à ne plus rien s'attacher désormais et à ne reculer devant rien pour vivre, vivre n'importe quelle vie, maintenant qu'elle était loin de sa famille et que l'en séparait une vague aussi haute qu'une montagne.

30

Mammas était encore une enfant quand ses parents s'établirent à Tifilfelt, sur la route de Salé à Meknès, après une longue vie de transhumance héritée de leurs ancêtres. Leur tente recevait souvent la visite d'un jeune soldat du sultan chargé de la protection des routes qui leur était apparenté par sa famille native des pacages de la haute Moulouya et qui recherchait leurs faveurs en s'exprimant dans leur langue, en chantant les chants qui les transportaient et en récitant les poèmes à la gloire de leurs ancêtres qui parlaient à leur âme.

D'abord, il vint les voir une fois par mois, puis chaque jeudi pour passer avec eux la nuit entière à jouer du *bendîr* *, de la flûte et à chanter des chansons où les voix mâles du père, de son jeune fils et de leur hôte répondaient à celles, douces et mélodieuses, de la mère, de la fille et de sa petite sœur. Ces chants de bravoure, de tendresse et d'amour étaient pour les deux jeunes gens l'occasion de s'exprimer mutuellement leurs vœux et pour les parents de la jeune fille de reprendre le refrain avec eux, comme si la poésie était un champ libre et sacré où la force des usages et où les conventions de la pudeur ne semblaient pas s'appliquer.

Au bout de quelques mois, le soldat prit l'habitude de venir chaque jour et de passer la nuit. Il apportait à manger comme s'il faisait partie de la famille et, sans avoir célébré aucun rite ni convoqué aucun témoin, il en arriva bientôt à considérer la maison comme la sienne et Mammas comme son épouse, sans que les parents y trouvassent rien à redire, consacrant un simple état de fait qu'on ne leur avait pas demandé d'approuver en temps et lieu et sans que peut-être Mammas et son époux eux-mêmes eussent bien réfléchi à la question ou en eussent discuté tous les détails et tous les aspects. C'est ainsi que les parents l'entendirent et c'est ainsi qu'il fut fait. À quoi d'ailleurs eût-il servi d'épiloguer ou de remuer les choses au risque de les voir s'effriter?

Il n'y avait d'ailleurs là rien de nouveau ni d'étrange dans la vie de ces nomades chez qui les actes de mariage n'étaient pas indispensables, d'autant que les quelques rares personnes aptes à les rédiger ne se rencontraient qu'à l'occasion des fêtes votives ou des foires, que les gardiens de la Loi les dégageaient des formalités pour mieux se les concilier et que l'échange des femmes entre communautés se faisait au gré des rencontres saisonnières et des pâturages. Chez eux, la loyauté était une vertu chérie par la mémoire, le critère à l'aune duquel on appréciait autrui et la dissolution des alliances se faisait sans bruit et sans fureur.

Lorsqu'il apparut que Mammas attendait un enfant, son père décida de la conduire au tombeau du saint Abû Ya'zâ à Taghia où son époux les accompagna avec la permission de son chef. Ce fut un voyage béni sous tous rapports.

L'enfant naquit et on le prénomma Amnaï, qui signifie « cavalier ». Il n'avait pas un an quand son père reçut son ordre de mutation pour la passe de Taza d'où il revint trois mois plus tard pour voir son fils et sa femme et informer cette dernière que ses conditions de vie étaient telles là-bas qu'il ne pouvait songer à les prendre avec lui, que le bruit courait par ailleurs que la garnison allait être séparée et qu'une moitié serait affectée sur la route de Sijilmasa.

Le soldat repartit donc de Tifilfelt et Mammas le suivit en pleurs avec Amnaï sur son dos. Elle le suivit longtemps et, quand elle le vit s'éloigner en cessant de se retourner, elle lui lança des pierres et se jeta à terre en secouant son petit qui braillait sur son cou. L'adieu avait valeur de répudiation.

Moins d'un an plus tard, Mammas épousa un homme de beaucoup son aîné, qu'elle finit par détester et dont elle se sépara. Elle se remaria ensuite plus de dix fois, sans jamais retrouver la saveur originelle de son premier mariage avec le père de son enfant.

Son dernier mari fut un garçon de dix ans son cadet avec qui elle avait choisi de rester parce qu'il chantait bien et partageait nombre de ses goûts. Mais il s'avisa un jour de frapper Amnaï qui était un garçonnet de dix ans par trop effronté et désobéissant. Elle se fâcha et, quelques jours avant la fête du Sacrifice, alors que les habitants de Tifilfelt s'en allaient vendre leurs moutons aux gens de Salé et de sa région, elle projeta de rompre le lien qui l'unissait à lui et insista pour l'accompagner, sous prétexte de garder ses bêtes et d'aider ses parents à se loger le temps de la foire. Le lendemain de leur arrivée, profitant du tourbillon des affaires et de la cohue du marché aux moutons, elle s'éclipsa de la tente à l'insu de sa belle-famille et se fondit dans la foule sur une autre aile du marché où elle s'adressa à un groupe de vieilles femmes vendeuses de *siwâk* * qui lui indiquèrent le chemin vers la porte la plus proche.

Elle continua sa route et pénétra dans ce monde dont elle avait entendu parler sans le voir. La vie l'engloutit. Elle ne veillerait plus qu'à une chose désormais : ne laisser personne s'arroger le droit de lever la main sur Amnaï, son autre soi-même, le précieux souvenir d'un homme qu'elle avait aimé et qui l'avait délaissée, le seul à l'avoir jamais rendue heureuse et au fils duquel elle était prête à acheter coûte que coûte son droit à l'audace et à la désobéissance en rêvant de le voir arriver un jour assez haut pour infliger aux hommes toute la gamme des tourments.

31

La ville n'avait que faire de l'histoire de ces femmes ou de leurs semblables, habitantes de halles jadis florissantes, de repaires de malades et d'éclopés ou de quartiers pouilleux dont les gens n'avaient pas le pouvoir de les chasser. Cette histoire, du reste, à quoi eût-il servi à la ville de la connaître, puisque cela n'eût modifié ni le regard ni le jugement sévère qu'elle portait sur elles, ni diminué l'intérêt qu'elle leur témoignait? Connues et soigneusement ignorées, elles faisaient les délices de la conversation jusque dans les cercles affichant la piété. Et si l'autorité avait permis à la populace de leur dresser un bûcher collectif, elles se seraient retrouvées en cendres au milieu d'une foule hurlante et trépignante qui aurait, l'écume à la bouche et les yeux exorbités, assouvi ses instincts sauvages en attisant le brasier.

Khawda rapporta à Chama ces propos entendus de la bouche d'une de leurs voisines qui s'était vantée outrageusement au bain en disant: « Si certains grands messieurs pouvaient en prendre des comme nous en deuxième noce, ils ne s'embarrasseraient pas des usages. Ils savent bien que nous

nous connaissons auprès des hommes et que nous aurions de quoi en apprendre à leurs misérables bobonnes ! »

Jarmûn décida de rassembler la fine fleur de ces dames dans la halle aux huiles après qu'il eut par ses décisions stupides obligé ses marchands à la quitter et après que le chef de la police lui eut certifié qu'elles avaient de quoi payer leur loyer et verser en échange d'une protection et d'autres formes de services une redevance sensiblement égale au montant des taxes commerciales qu'il envoyait mensuellement à la Résidence et qu'il devait depuis plusieurs mois prélever sur ses propres deniers.

Lorsque la nouvelle s'en répandit, le mécontentement grandit dans la ville et une délégation de juristes se mit en marche pour tenter de faire renoncer le gouverneur à son projet. Le chef de la délégation lui fit valoir le tort que l'instauration de cet état de fait causerait à la réputation de la cité en arguant que les ordures mises ensemble sont pires que dispersées et que si les impôts de la Résidence ne devaient pas inclure de taxes, à plus forte raison celles issues d'un commerce prohibé !

Craignant que les protestataires ne portassent plainte à son insu devant la personne du sultan, Jarmûn renonça à louer les autres boutiques à cette catégorie d'occupantes et se limita, outre Touda dont il fit leur commanderesse attitrée, à Julia sa protégée, à ces six femmes venues d'horizons divers et à cinq autres, membres d'une tribu que l'armée avait contrainte à payer ses arriérés d'impôts avec l'aide des cavaliers de Salé et qu'il avait osé faire prisonnières au moment où les hommes les abandonnaient dans leur fuite, avec l'intention préméditée de les installer dans la halle.

Jarmûn confia à un certain Ja'rân, son adjoint, le soin de collecter les loyers et autres charges imposées aux occupantes qui se soumirent rapidement à ses ordres transmis par Touda. Pour asseoir sur elles son autorité et celle de l'adjoint, celle-ci choisit de provoquer Mammas, la mère du garçon effronté. Les deux femmes s'empoignèrent et se prirent à la gorge ; Ja'rân et le portier s'interposèrent, la garde arriva et tout le monde fut conduit à la maison du gouverneur, à l'exception de Chama, de Ali et d'Abou Moussa. Retenu à l'écart, le garçon fut giflé et battu par les adjoints et sa mère frappée devant les femmes de quinze coups de fouet en guise d'avertissement général quant à l'obligation d'obéir aux ordres de Touda.

Durant les semaines suivantes, les chambres et les autres boutiques de la halle furent occupées par des parfumeurs, des vendeurs de drogues en tous genres, par des marins, des soldats célibataires et même par des rédacteurs de talismans et des devins.

Voyant le point où la halle était tombée, Chama cessa de se rendre chaque jour à la maison du syndic pour y enseigner aux femmes et aux filles des Chérifs tout ce qu'elle savait faire en échange d'un juste salaire fixé par lui. Mais ce dernier la fit chercher, la pressant de revenir indépendamment de l'endroit où elle habitait et saisit l'occasion pour lui proposer une nouvelle fois de l'aider à trouver un logement plus digne d'elle.

Devant son insistance et au nom de sa dette envers lui, elle en fut quitte pour raconter à sa première épouse son histoire avec Abou Moussa, la façon dont le gouverneur avait fait fermer une nuit la porte d'enceinte à son mari en envoyant ses adjoints la chercher, comment une crise de démangeaison soudaine l'en avait providentiellement délivrée, comment son mari qui avait passé la nuit dans la grotte avec Abou Moussa avait vu celui-ci victime des mêmes symptômes au même moment et que c'était pour cette raison qu'elle tenait absolument, tant qu'elle n'avait pas d'enfant, à habiter dans le même lieu que cet homme en dépit des horreurs qu'elle y voyait, entendait, sentait et subissait tout au long du jour et de la nuit.

Amnaï, le fils de Mammas, était pour une bonne part responsable du chahut qui régnait dans la halle. Levé avant tout le monde et couché après tous, il occupait le gros de ses journées à errer dans les couloirs des étages, allant de chambre en chambre.

L'un de ses passe-temps favoris consistait à envoyer des pierres dans toutes les directions au moyen d'une fronde qui ne le quittait pas. Un jour, l'envie lui prit d'en lancer une, coupante et aiguë, sur la cigogne, le plus vieil habitant du lieu, l'oiseau vénérable auquel des générations de bienfaiteurs avaient constitué une rente inscrite dans les registres des biens de mainmorte, ce par quoi Salé s'était rendue célèbre dans les cités lointaines et dans les villes traversées par les marchands étrangers. Ce jeune voyou visa donc sa cible et ne la manqua pas. La pierre transperça la poitrine et l'auguste oiseau tomba raide mort sur le sol.

Les habitants de la halle et de la ville en furent consternés. L'administrateur des *habous* et ses adjoints vinrent enregistrer le décès dans leur rôle et suspendirent à compter de sa mort le paiement de la pension du défunt jusqu'à l'arrivée dans le nid d'un remplaçant de même espèce, sans préjudice des soins que la fondation avait vocation à dispenser aux autres oiseaux.

Touda trouva le moment opportun pour demander à Ja'rân d'aller dire au gouverneur que l'oiseau était mort par la faute d'Amnaï. Les gardes arrivèrent et emmenèrent le garçon chez Jarmûn après l'avoir enlevé à sa mère qui leur emboîta le pas en jurant et hurlant sans vergogne. Elle passa deux nuits à la porte de sa geôle et lorsqu'on relâcha son enfant, elle vit sur ses fesses des traces de coups violents.

Quelques jours plus tard, certains furent réveillés dans le dernier tiers de la nuit par le bruit d'un corps lourd tombant des étages supérieurs sur le sol de la halle. À la lueur des chandelles, on distingua le corps d'une femme. Touda gisait morte dans son sang qui lui coulait par la bouche et par le nez.

On ferma la halle aux huiles et l'on jeta tous ses occupants en prison, à l'exception d'Abou Moussa, de Chama et de Ali. Il se trouvait parmi eux des gens que seuls Ja'rân et le portier avaient vu y entrer. Le gouverneur interrogea puis relâcha tout le monde, sauf la pauvre Mammas désignée comme suspecte. On disait en effet que la police avait réussi à lui faire avouer qu'elle s'était introduite chez Touda une nuit où elle dormait seule et qu'elle l'avait étranglée avant de la jeter du haut des étages pour venger son fils.

On n'entendit plus jamais parler de Mammas ni d'Amnaï et le gouverneur nomma Julia, la protégée de Touda, tutrice de ses compagnes.

32

Bien que Ali eût espacé ses promenades en compagnie d'Abou Moussa, Chama ne voyait pas de mal à le laisser seul à l'appartement lorsqu'elle allait chez le syndic pour donner ses leçons. Quand elle partait, ou bien il dormait ou bien s'occupait à tailler des gabarits dans de fines plaques de bois qu'il vendait aux gypsiers pour les aider à décorer les murs. Un de ces jours où il n'était pas de sortie avec Abou Moussa, Chama partit pour sa visite habituelle aux alentours de midi, emportant avec elle ses affaires de toilette et des vêtements de rechange en disant qu'elle resterait peut-être à l'étuve jusqu'au coucher du soleil.

Elle quitta la maison du syndic avant l'heure habituelle et prit le chemin du grand bain proche de la mosquée. Mais il était fermé ce jour-là à cause des travaux de réfection de sa chaudière et elle retourna droit à la halle en pensant y trouver Ali à peine réveillé ou encore plongé dans une longue sieste. Mais il n'était pas dans la chambre et la porte bâillait. Elle s'étonna d'autant plus de son absence qu'il ne lui avait pas dit qu'il avait à faire au dehors. Elle jeta un coup d'œil circulaire, sortit, puis revint pour regarder d'en haut les boutiques des parfumeurs devant lesquelles nul ne s'agitait encore. Soudain, dans l'embrasure d'une porte entrouverte, elle aperçut le visage d'Ijja qui lui faisait signe de venir. Et voici que, oubliant dans son désarroi du moment qu'elle ne parlait pas à ses voisines ni ne s'en approchait, elle se retrouvait devant l'une d'elles, qui lui disait en accompagnant ses paroles d'un geste de la main : « Ton mari est chez sa payse ! »

Elle n'en crut pas un mot et, si elle n'avait pas vu là une affabulation de la part de cette drôlesse, jamais elle ne se serait empressée d'aller pousser la porte de Julia pour trouver Ali engagé avec elle dans une discussion qui touchait apparemment à sa fin.

Elle retourna à sa chambre en courant, verrouilla la porte derrière elle et se jeta sur son lit en émettant des sons qui ne ressemblaient ni à des pleurs, ni à des rires, ni à des gémissements, ni à des plaintes. Tout simplement, elle ne se connaissait plus et n'était plus à même de fixer ses pensées. Puis, comme si elle avait soudain retrouvé calme et possession de

soi, elle se dit en elle-même comme si rien ne s'était passé :
« Soit! Et puis après? Le ciel peut bien s'écrouler, est-ce que
cela va m'empêcher de l'aimer? L'enfer peut bien sortir du
nombril de cette traîtresse, vais-je cesser de l'aimer pour
autant? D'ailleurs, qui pourrait l'aimer autant que moi? Qu'il
m'ait fait cet affront pour me récompenser de ma tendresse,
l'en aimerai-je moins pour autant? Avait-il juré de ne jamais
faire ce qu'il a fait? Puisque je l'ai étouffé et éloigné de sa
mère, il a peut-être retrouvé chez cette fille de sa race quelque
chose dont il a été privé pendant toutes ces années! La voyait-
il à mon insu? Chacun de nous n'a-t-il pas le droit de pécher
au moins une fois et de se repentir? Mais était-ce la première
fois et va-t-il s'en repentir? Le plus triste, c'est que d'autres le
savent et pas moi. Mais comment a-t-il fait pour se laisser
entraîner? Est-ce qu'elle lui a raconté ma visite chez le gouverneur cette nuit-là et est-ce qu'il l'a crue? Mais oui! le voilà
le moyen choisi par cette fille d'éleveurs de porcs! Pourquoi
ne m'en a-t-il pas parlé? Pourquoi ne m'a-t-il pas demandé de
lui dire franchement ce qui s'était passé et de m'excuser de
lui avoir caché la chose par souci de notre amour et pour ne
pas le voir miné par le doute? Ce qui est arrivé, est-ce qu'il l'a
voulu ou est-ce qu'il s'est laissé prendre au jeu de cette diablesse? Mais peu importe, puisqu'il m'aime et qu'elle ne sait
rien de ce qui nous unit! La pauvre! On lui a volé sa jeunesse
en la violant. Or qu'est-ce qui peut bien se passer entre deux
êtres quand l'un a le cœur fêlé? Ce qui vient d'arriver ne veut
rien dire puisque cette femme est incapable d'aimer. Tout ce
qu'elle a fait, c'est de lui offrir des saletés dont il est capable
de se laver. Et je peux, moi, avec ma tendresse, rendre à son
cœur sa pureté. Je pourrais très bien ouvrir la porte dès maintenant, retourner le chercher et faire comme si de rien
n'était. J'aurai vite fait de le mettre à l'aise, et sans lui laisser

le temps de s'excuser. Et s'il était assis là en ce moment, derrière la porte, à attendre que je lui ouvre ? À moins qu'il ne soit encore là-bas où je l'ai trouvé ou qu'il ne soit parti vers le nord comme l'a fait son ami Pedro pour échapper à la honte de sa malheureuse fille ? Je sais combien il est sensible. Il a en ce moment le cœur meurtri, il a peine à respirer, il est écrasé de douleur et accablé de remords. Où va l'être d'un homme quand il commet une faute et se trahit lui-même ? Et quelle faute peut-il bien avoir commise pour avoir été autant éloigné de son cœur ? Il faut croire que je ne le mérite pas. Tout est de ma faute, sinon, pourquoi ai-je tenu à vivre avec lui au milieu de ce dépotoir pour filles perdues, au milieu de ces créatures qui défient la misère en étalant leurs débauches et qui tentent de surmonter leur échec en disant : « Rien n'a d'importance ; il ne faut avoir honte de rien ! » ? Si j'ai voulu habiter ici et si j'ai tenu à y rester c'était par conviction qu'Abou Moussa était un saint. Ali le sait bien. Ce qu'il ne sait pas, c'est tout ce que je dois à Abou Moussa. Et Abou Moussa, sait-il au moins ce qui vient de se passer ou ce qui se passait déjà ? Je n'en sais rien. Ce qui est sûr, c'est qu'il a le don de voir à travers les gens et d'agir sur leur comportement, sinon, comment aurait-il fait pour me sauver du gouverneur ? La solution est maintenant entre ses mains et il ne me repoussera pas. J'oserai lui dire ce que Ali m'a fait après tout ce que j'ai fait pour lui, encore que, à vrai dire, je n'aie rien fait pour lui. Tout ce que j'ai fait, je l'ai fait pour moi puisque je l'ai aimé comme moi-même, alors que lui, il a tout supporté pour moi. Sans moi, il n'aurait pas eu à subir les persécutions du gouverneur et n'aurait pas fait faillite ; on ne l'aurait pas accusé à tort ni jeté en prison. Mais tout cela n'a guère de sens tant que j'ignore jusqu'à quel point il avait conscience de l'amour que je lui donnais. Peut-être qu'il ne l'acceptait que par condescendance, auquel cas son amour ne serait qu'une illusion que je me suis fabriquée à moi-même en quête d'un lieu pour y poser mon cœur et d'une lyre pour y chanter mes sentiments. Non, je n'irai pas voir Abou Moussa! On ne va pas déranger ces élus dans leur retraite pour régler ses petites affaires comme on entre chez les gens ordinaires! S'il voyait la nécessité d'intervenir, il interviendrait et il y a peut-être dans ce qui vient de se passer un bien que je ne vois pas encore. Sottises! Pourquoi ne vais-je pas plutôt étrangler la fille de Pedro et la jeter du haut de la galerie comme a fait l'autre avec la vieille? Là, je serai une femme! Mais alors, pourquoi avoir attendu si longtemps et avoir supporté tout ce que j'ai supporté si c'est pour finir comme une femme ordinaire, c'est-à-dire jalouse et capable de tuer comme telle? En le faisant, je lâcherais la bride au destin et le gouverneur pourrait réaliser son vœu de me jeter en prison ou de me prendre quelque temps dans son harem avant de me donner en pâture à ses chiens. Mais en le faisant, je bafouerais aussi les égards du sultan et la sagesse des femmes vertueuses avec lesquelles j'ai grandi, Tahira et Oumm al-Hurr. Quelle épreuve! Et si je me résignais en remettant mon destin à Dieu? Oui, si je me résignais? »

Le doute s'infiltra comme un cauchemar dans sa foi en l'utilité du bien. Une angoisse l'étreignit, comme si de mauvaises herbes menaçaient de tuer les roses de la bonté dans son cœur. Elle pensa en elle-même : « Quelle honte! Quelle honte de n'avoir jamais éprouvé de plaisir qu'à donner. Cela ne pouvait me mener qu'à la déception et voilà que j'en souffre maintenant! J'ai gaspillé mon heureuse nature dans ce rêve insensé de toujours vouloir satisfaire les autres. J'ai toujours refusé d'admettre que j'étais une femme faible et naïve. Les gens comme moi encombrent la vie avec leurs illusions! »

Elle aurait voulu par ces pensées comprendre le pourquoi de ce qui lui arrivait afin de refondre son lien avec la vie. Elle avait l'impression que des forces mauvaises contrariaient sa nature en voulant l'obliger à se replier dans son désert intérieur et à renoncer au don. Elle aurait voulu se consoler en se disant qu'elle n'avait pas de chance, qu'elle était comme beaucoup de gens et que, même si celui qui méritait sa générosité existait, elle l'avait peut-être manqué dès le premier rendez-vous.

Elle recommença à se reprocher ce qu'elle avait cru être un excès de générosité envers les autres et à douter d'avoir bien mesuré la capacité à recevoir de celui à qui elle croyait avoir donné sans limites. Des moments précis de sa vie avec Ali lui revenaient à l'esprit et elle comprenait maintenant, avec le recul, qu'elle l'étranglait en l'attirant dans son délire pour l'arracher à l'emprise du temps et de l'espace. Car il n'était jamais qu'un de ces pauvres bougres qui se suffisent d'une goutte d'eau quand elle aurait voulu lui faire boire avec elle la mer entière. Il n'était capable que de liaisons éphémères quand elle se croyait avec lui, de par la communion des sentiments qui régnait entre eux deux, à la limite du stade de l'*infusion* [24] décrit par al-Shushtarî [25] dans un poème que Tahira lui avait fait apprendre.

Ces pensées la traversèrent comme le feu un tas de paille. Mais elle retrouva bientôt cette capacité à se dominer qu'on lui avait enseignée et elle se dit à elle-même : « Dieu me préserve ! Voilà que la jalousie m'envahit et démasque mes prétentions à la générosité alors qu'il ne s'agissait que d'égoïsme.

---

24. Ar. *hulûl*, litt. « descente » de l'âme divine dans l'âme purifiée du mystique (théorie hétérodoxe de certaines confréries soufies). Ici, dans un sens plus large, appropriation d'une chose par une autre, passage d'une chose dans une autre.
25. Poète mystique andalou, mort en 1269.

En réalité, je n'ai jamais fait que prendre, sinon, pourquoi cette mortelle jalousie ? »

Elle se tourna et retourna sur son lit puis se leva l'air effrayé et arpenta la chambre de long en large. Elle s'étendit de nouveau, la tête entre ses bras, et pleura en étouffant ses larmes. Puis elle éclata en sanglots et en gémissements en pensant à sa mère à qui elle se plaignit comme si elle l'avait devant elle, à la limite de ses forces. Puis, apaisée, elle se leva et ouvrit la porte pour humer un air chargé de senteurs d'épices et de henné qui montait du bas de la halle. Il lui sembla soudain qu'un siècle venait de s'écouler.

On venait tout juste d'appeler à la prière du Couchant quand Ali entra subitement. Si elle avait seulement levé les yeux, elle aurait vu qu'il était allé au bain pour se rendre à la mosquée. Mais elle ne le fit pas, et elle ne le ferait pas les jours suivants. Elle ne le regarda pas et ne le laissa pas la regarder. Elle ne lui parla pas et ne le laissa pas lui parler. Pourtant, son visage n'exprimait ni haine ni rancune, ses gestes ne traduisaient aucune violence, aucune ébullition, mais plutôt le calme et la résignation.

Encore écrasé par le poids de sa faute, Ali avait tellement l'impression qu'elle le tenait comme une marionnette qu'il n'osait plus rien dire ni exprimer. Il aurait voulu pleurer devant elle mais ne le faisait pas. Il aurait voulu se jeter à ses pieds pour lui demander pardon mais il ne le fit pas. Il avait beau aller et venir à sa guise, il était crucifié. Il pensait que les jours répareraient ce qui avait été abîmé, même s'il doutait que l'affaire se résumât à réparer quelque chose. Pour avoir développé auprès d'elle son sens de l'intuition et avoir pleine conscience de la force de sa personnalité, il craignait qu'elle ne se fût définitivement éloignée et que ce qui lui restait d'elle ne fût plus que l'ombre de ce qui avait été.

Alors qu'il s'était mis dernièrement en quête d'Abou Moussa pour l'accompagner sur le rivage sans trouver trace de sa présence, sa crainte s'aviva que ce ne fût Chama qui l'y accompagnât désormais par l'âme pour jeter chaque jour ses regards de l'autre côté de l'horizon après lui avoir dit adieu, à lui, au passé et au présent pour toujours.

33

Depuis le drame, un peu plus d'un mois s'était écoulé. Pendant que Chama essayait de recouvrer un peu de son élan vital dans l'espoir de soigner Ali et de lui redonner la place qui était la sienne, ou une autre, dans son sentiment, le bruit se répandit que Julia était gravement malade. Le médecin chargé par le gouverneur de visiter chaque mois les habitantes de la halle vint l'examiner et ordonna qu'on la transportât au quartier des lépreux hors les murs de la ville. Elle n'avait pas la lèpre mais présentait une rougeur de la peau qui pouvait s'avérer mortelle et contagieuse pour les épouses si elle leur était transmise par leurs maris. On prétendait même qu'elle se savait malade depuis des années sans en laisser rien paraître et qu'un certain nombre de visiteurs étrangers devaient sans doute regretter d'avoir franchi un jour le seuil de ces lieux.

Lorsqu'il eut appris la nouvelle et l'eut vérifiée, Ali vit ce que les gens voulaient dire et comprit qu'une instance supérieure s'était immiscée pour mettre fin à son bonheur avec Chama, sans doute parce qu'il ne la méritait pas, lui qui s'était toujours senti perdu dans sa grandeur tel un fétu dans l'espace. Ce terrible événement donnait le coup de grâce à leur aventure et il ne lui restait plus qu'à tout arrêter pour de bon. Un matin, il quitta la ville et ne revint pas. Lorsqu'on rapporta à Chama qu'on l'avait vu traverser le grand fleuve et prendre vers le nord, une besace sur le dos, elle s'écria, abasourdie :

« Qu'est-ce qui lui a pris de partir ? Mais qu'est-ce qui lui a pris de partir ? Il fallait qu'il reste. Qui est plus digne que moi de le soigner ? De quoi a-t-il eu honte ? Ne sommes-nous pas dans la halle de la honte ? Ne sommes-nous pas chaque jour témoins des bizarreries du destin ? À moins qu'il ait voulu ramener son mal dans son pays ! Je commence à comprendre maintenant. La fille de Pedro détestait les gens d'ici. C'est pour cela qu'elle n'avait que des marchands du pays chrétien dans ses clients. Ce sont eux qui lui ont ramené ce microbe. Quand ils sont partis d'ici, elle a décidé de jeter son dévolu sur Ali en le considérant comme un infidèle parmi d'autres sans s'attacher au fait qu'il s'était converti. Pourquoi m'a-t-il privé d'aller sur sa tombe s'il est sûr de mourir comme elle ? Savait-il que ses jours en ce bas monde étaient comptés ? Pourquoi a-t-il écarté tout espoir de guérison ? N'avons-nous pas assisté lui et moi à des choses qui tenaient du miracle ? Cet homme dont nous étions voisins n'appartient-il pas au monde des miracles et des prodiges ? Est-ce que sa foi ne pouvait l'admettre ? Mais qu'est-ce qui lui a pris de partir ? »

Elle sentait en elle un vide aussi profond que le gouffre du silence et que l'abîme du temps. Le monde autour d'elle était un désert où planaient des milliers de rapaces. L'avenir était gros d'incertitudes. De quelle extravagance pourrait-il encore accoucher après tout ce qui venait d'arriver ? Elle avait besoin d'un refuge, d'amour. La figure de sa maîtresse Tahira lui apparut, assise dans le nimbe de la majesté, qui, du haut de sa sagesse, prêchait l'amour d'autrui dans l'aura de la piété. Elle aurait voulu la rejoindre dans cet état de paix où elle l'avait vue le jour où son époux Ibn al-Hafid avait décidé d'épouser sa seconde femme. Elle ne s'était ni insurgée ni révoltée. Elle avait tout simplement renoncé à des choses, comme si elle en avait eu sa part ou s'en était détachée pour continuer à donner et rayonner jusqu'à son dernier souffle.

Imitant sa maîtresse, elle retrouva la paix et parvint au fil des jours à s'élever au-dessus de son passé. Seuls deux faits nouveaux advinrent dans sa vie : la compagnie d'une servante que le syndic avait décidé de lui envoyer chaque nuit et qui repartait au matin, et le soin qu'Abou Moussa lui témoignait en venant frapper à sa porte deux ou trois fois par semaine. Elle se montrait, il la saluait, elle lui rendait son salut et il lui souriait avant de disparaître.

Jamais il n'avait agi ainsi et c'était pour elle la preuve qu'il savait tout. Il savait que c'était pour lui qu'elle était restée dans ce foyer de débauche et de dépravation. Il savait ce qui était arrivé à Ali, qu'elle avait renoncé à tout espoir, qu'elle n'attendait plus rien mais qu'elle était sereine et telle était peut-être la cause de sa sollicitude envers elle. Quelle bonté chez cet homme ! Mais quelle rigueur aussi !

Elle ne doutait plus à présent que, depuis l'aube de sa naissance et depuis bien des années avant qu'elle l'eût rencontré, son destin était aux mains d'Abou Moussa. Il était son porte-bonheur, l'œil qui veillait sur elle. Elle ignorait à quelles fins une femme du palais qui semblait bien lui avoir été envoyée comme chaperon sans se faire remarquer l'avait accompagnée vers les confins orientaux. Elle pouvait d'ores et déjà affirmer que la dissolution de son mariage avec al-Jurâ'î avait été arrangée à la Résidence pour la faire entrer dans le harem du sultan après que Jarmûn eut vanté ses charmes dans une lettre adressée au chef de la police de Fès; que c'était en prélude à cette répudiation qu'on avait critiqué le cadi pour ce mariage dans une assemblée de convives vils et flatteurs, que c'était pour cette raison que ce dernier lui avait dit: « Dieu te protège des loups! » et pour cette raison encore qu'il l'avait de nouveau appelée par son vrai nom en lui parlant des préparatifs de la campagne des marches orientales, alors quasiment persuadé que le beau rêve qu'il s'était forgé avec elle sous le nom de Warqa touchait à sa fin. Peut-être aussi que la manœuvre visait à réparer une injustice, dans la mesure où les hommes de la police avaient rapporté en haut lieu qu'al-Jurâ'î ne remplissait pas tous ses devoirs conjugaux. Pourtant, la date exécutoire de la translation avait été fixée après la victoire, la victoire sur les tribus à cause desquelles l'armée avait fait mouvement et dont elle avait vu deux jours et deux nuits durant les escadrons cantonnés à Taza, dont elle avait entendu le cliquetis des armes et les chants des hérauts, dont elle avait admiré les montagnes de vivres passant sous ses yeux et les centaines de muezzins qui y annonçaient les heures de la prière. L'avait-on amenée là-bas au nombre des récompenses pour couronner par l'hymen le fruit de la victoire et le sultan n'avait-il pas été défait avec toute cette armée que pour mieux se désintéresser d'elle et la sauver par là du viol et de la brutalité qui l'attendaient? Le désastre de la flotte n'était-il pas venu finalement ruiner leurs plans? Mais quel égoisme, quelle extravagance de sa part d'aller imaginer un lien entre la chute d'un roi et son propre sauvetage! Non, il n'y avait là aucune extravagance. Violer une âme, c'est comme les violer toutes. Allons donc, l'honneur de Chama valait bien vingt flottes!

Elle avait l'impression que la ville subissait le même sort qu'elle et s'identifiait à ses souffrances. Peut-être même pensait-elle incarner le sort de la ville ou tout au moins partager avec elle le fardeau de la justice divine, à ceci près qu'elle surmontait l'épreuve avec une fierté altière et que la ville la subissait en rampant. Il faut dire qu'elle n'allait pas fort depuis le départ des marchands. Ses plaies chaque jour se creusaient davantage et tout y marchait la tête en bas.

34

Pendant tout un hiver, il ne plut pas une goutte. À la fin de l'été, le gouverneur obligea les entrepositaires à ouvrir leurs greniers mais ils vendirent à prix d'or. La fille de Pedro mourut à l'automne, tellement rongée par la maladie que ses chairs se putréfiaient par endroits. Certains refusèrent qu'on l'inhumât dans le cimetière musulman et, par crainte de la discorde, le cadi et le gouverneur se gardèrent de prendre leur demande à la légère, alors même qu'on redoutait la puanteur du cadavre déposé dans une boutique en bas de l'enceinte du quartier aux lépreux. Chama alla supplier le syndic des Chérifs de la faire enterrer avec ses frères et il rassembla des témoins qui attestèrent en considération de certains aspects de sa conduite qu'elle était morte en religion. On l'enterra dans le cimetière musulman et l'affaire fut réglée.

La sécheresse dura une année entière, à Salé même et dans plusieurs régions du pays. À l'automne suivant, des nuages s'amoncelèrent puis se dispersèrent sous l'action de vents violents qui cassèrent beaucoup d'arbres. Les gens étaient las de voir tous les jours le ciel bleu. Les puits se tarirent et les citernes se vidèrent. Les sources qui arrosaient les jardins de Salé et alimentaient les norias pour faire croître céréales, fruits et fleurs devenaient avares de leur eau. Plus personne n'osait dire qu'il lui restait du grain dans ses silos. Brûlées par le soleil, les pâtures des forêts environnantes s'embrasaient régulièrement. Par manque de fourrage, les bêtes maigrissaient à vue d'œil. C'étaient ces moutons qu'on abattait en masse et qui ne se reproduisaient pas, ces vaches au pis sec et au corps décharné, ces ânes et ces mulets qu'on ne bâtait plus ni n'utilisait comme montures. Ils passaient les jours de chaleur à se vautrer sur les places, soulevant la poussière, piqués par de grosses mouches venimeuses. Des meutes de chiens abandonnant la garde des troupeaux décimés s'aventuraient jusqu'aux enceintes des villes en quête de charognes et l'on craignait qu'ils n'en vinssent à fouiller les tombes. Quant aux oiseaux, il leur fallait planer longtemps avant de trouver une branche feuillue sur laquelle se poser ou un insecte se risquant hors de son trou.

Après deux années de sécheresse, la pénurie de denrées et leur cherté devinrent insupportables. Pas moyen de trouver un bout de pain au prix de plusieurs bracelets d'or ! Le gouverneur accusa certains habitants de cacher des grains, mais on perquisitionna chez eux et l'on ne trouva rien. On attendait une caravane de céréales achetée à Tanger par des marchands de Salé à des Chrétiens qui l'y avaient amenée, mais des Bédouins du désert l'interceptèrent en chemin, tuèrent son escorte et la pillèrent.

On vendait ses bijoux et ses meubles, ses terres et ses maisons au plus bas prix. On ne s'éclairait plus la nuit, gardant l'huile pour la table. On se nourrissait de son, de cosses de fèves, de fanes de maïs, de baies de jujubier et de graines de caroubes. On disait que chaque habitué de la halle aux huiles en revenait avec son tourteau d'olive. On déterrait certaines racines qu'on faisait sécher pour les moudre et les manger en bouillie.

De ce tourteau, les femmes de la halle exprimaient le substrat d'huile pour cuisiner ce qu'on pouvait manger de plus alléchant dans cette ville affamée : deux poissons qu'Abou Moussa déposait toutes les semaines devant chaque porte depuis que la disette s'était aggravée. On eût dit qu'il prenait soin de ses voisines qu'il savait plus exposées que les autres femmes du pays et il remettait tous les mois à chacune d'elles un boisseau de farine de racines sauvages dont on faisait l'un des pains les plus nourrissants et les plus savoureux qui fussent.

Jusque-là, Chama avait été la seule à vibrer en harmonie avec cet homme, à vivre sur ce secret qu'ils possédaient en commun et qu'elle aurait fini par confier à Ali s'il n'était pas parti, celui des assiduités de Jarmûn et du miracle qui l'en avait délivrée. Aujourd'hui, c'était visiblement grâce à Abou Moussa que ses voisines survivaient en se demandant comment il faisait pour rassembler à lui seul autant de provisions quand des hommes plus vaillants criaient famine ; comment il pouvait s'aventurer seul sur des chemins devenus périlleux même pour des groupes armés. Mais l'important était qu'elles fussent sensibles à sa présence après qu'elles ne s'étaient pendant des années préoccupées que d'elles-mêmes. L'important était qu'elles sachent qu'il était l'un de ces saints hommes dont elles étaient mieux placées que personne pour apprécier la rareté et le prix. Car pour savoir quel destin les avait conduites dans la halle, toutes étaient convaincues que la sainteté n'avait plus cours sur cette terre, surtout chez les hommes, et qu'Abou Moussa faisait sans doute exception. Elles allaient leur chemin, lui le sien, et personne ne se retournait sur l'autre. Elles semblaient aussi distantes de lui que le ciel de la terre et le moindre des paradoxes n'était pas que ce fût l'avarice de l'un envers l'autre qui leur eût fait découvrir leur voisin ! L'épreuve l'avait rapproché d'elles ou plutôt les avait rapprochées de lui. Mais Dieu qu'elles étaient petites à côté de lui et comme elles avaient honte en le voyant chaque jour !

La sécurité se dégradait. Les chemins devenaient redoutables. Ceux qui habitaient dans la ville ne sortaient plus voir leur jardin. Peu après leur départ, les membres de la caravane du pèlerinage furent détroussés, les hommes aussi bien que les femmes, et s'en revinrent pieds nus, dévêtus, affamés. Le pire advint au cours du troisième hiver. On mangea des cadavres, de la chair humaine et même des enfants. Les gens savaient mais laissaient faire. Cependant, Jarmûn fit arrêter une femme dénoncée par ses voisins pour avoir mangé une fillette. On battit le rassemblement et elle fut lapidée publiquement. Nombre de personnes tenues jusque-là pour chastes et dévotes laissaient tomber le masque. Même le syndic des Chérifs, malgré le prestige de son rang, ne put se retenir de cracher au visage d'une sage-femme venue lui annoncer qu'une servante qui avait été sa favorite avait accouché d'un enfant. On n'entendait plus que grossièretés et vociférations dans la bouche des gens. On ne se respectait plus guère entre parents et enfants, entre petits et grands, entre manants et gens de considération.

L'épidémie s'aggravait, frappant des pans entiers de la population. Certains faubourgs étaient vidés de leurs âmes. On enterrait désormais sans linceul ni prière. Le bruit courait que la plupart de ceux qui périssaient venaient de quartiers où l'on avait mangé des rats. Tentés d'émigrer vers d'autres contrées, certains y renonçaient par peur de la tuerie et du pillage et parce que des nouvelles effrayantes dépeignaient une famine quasi générale.

Bien des fois au cours de ce troisième hiver, un ciel moqueur fit miroiter ses éclairs sur la tête des vivants. Des nuées s'amoncelaient puis s'estompaient sans remplir leur promesse. Bien des fois, des nuages noirs qu'on croyait pleins comme des outres ne lâchèrent que des gouttes brûlantes chargées de poussière noire, au point que les gens en arrivèrent à la certitude qu'on les méprisait, qu'on les insultait et qu'on se riait de leur malheur.

35

Plusieurs fois depuis le début de la sécheresse, les gens de Salé étaient allés faire leurs rogations sans que leurs prières, conduites par des imams de premier plan connus de tous pour la fermeté de leur foi, eussent été suivies d'effet. Une foule inhabituelle se déplaçait vers les mosquées où l'on apportait de la nourriture en offrande. Les prédicateurs se succédaient en chaire pour justifier la calamité présente par l'état peccamineux de la communauté et, contrevenant à son habitude, le cheikh des oulémas prêcha même un vendredi pour expliquer que l'absence de pluie était due au nombre des iniquités.

Dans la soirée, le chef de la police le convoqua pour lui demander ce qu'il entendait par « iniquités ». Étaient-ce les taxes collectées pour le sultan sur ordre de ce dernier ? Était-ce la générosité du gouverneur envers un groupe de veuves faibles et ignorantes qu'il avait logées charitablement dans la halle aux huiles pour entretenir la bâtisse en attendant le retour des commerçants ? Était-ce la détermination du gouverneur du sultan à corriger les déviants, les insolents, les hypocrites et les esprits tendancieux ?

Le cheikh des oulémas répondit qu'il n'avait rien voulu dire de tout cela. Lorsqu'on rapporta sa réponse au gouverneur, celui-ci ordonna qu'on rédigeât en son nom une déclaration à lire dans les mosquées et censée résumer ses paroles en ces termes : « Les pires iniquités qui engendrent les fléaux – en particulier la sécheresse – sont l'outrecuidance envers les autorités, la désobéissance à leurs ordres et à leurs interdictions et le refus de les aider dans leur sainte mission. » Et puisque le cheikh n'avait pas encore officié en qualité d'imam, Jarmûn ordonna à la population d'aller prier sous sa conduite.

Les gens sortirent en nombre par la porte de Ceuta, face à la mer, et effectuèrent la prière selon l'ordre du gouverneur. Mais, bien qu'elle eût le cheikh pour guide, celle-ci déchaîna un vent violent qui, au lieu de donner l'averse, fit choir une pluie de grenouilles et de pierres, tant et si bien que le gouverneur demanda au cheikh de rester chez lui et de ne plus monter en chaire.

Après lui, plusieurs prédicateurs et religieux de renom furent réduits pareillement au silence. Pendant ce temps, la situation empirait et les gens hébétés de stupeur ne savaient plus à quel saint se vouer. C'est alors qu'un débauché de la suite du gouverneur suggéra à ce dernier de profiter de l'occasion pour supprimer quelqu'un qui le menaçait dans l'ombre et lui disputait dans le cœur des gens le prestige qui lui revenait : Abou Moussa, l'obscur habitant de la halle, en lui justifiant ainsi sa proposition : « S'il possède réellement des pouvoirs miraculeux, qu'il les montre en libérant les gens de leur fléau, sinon, qu'on le bannisse de cette ville ! »

Jarmûn fit porter à l'intéressé l'ordre de diriger la prière de la pluie le vendredi suivant. Lorsque les gens eurent vent de la chose, les uns y virent une plaisanterie, les autres une action blâmable, un outrage supplémentaire à l'actif du gouverneur, tandis que d'autres estimaient qu'ils seraient exaucés si Abou Moussa était vraiment l'imam désigné. Quant à ce dernier, il ne dit mot aux émissaires et continua de vaquer à ses occupations habituelles, de passer ses journées dans sa grotte et de manger des algues. Le vendredi, il ne se présenta pas à la mosquée comme convenu, au coucher du soleil, suite à quoi le gouverneur le fit arrêter et jeter en prison.

Chama en pleura. Lorsque le syndic des Chérifs et plusieurs notables surent qu'Abou Moussa était enfermé, ils se rendirent auprès du gouverneur pour demander sa libération. Jarmûn accepta, à condition qu'Abou Moussa obéît à son ordre de diriger la prière, ne fût-ce que par égard pour une communauté de fidèles qui voyait en lui un saint et un faiseur de prodiges.

Les intercesseurs allèrent trouver le détenu dans sa prison pour l'exhorter au devoir de soumission. Il acquiesça d'un signe de tête et arbora un large sourire. Ils retournèrent en informer le gouverneur et, le soir même, Abou Moussa rentra libre chez lui. Le lendemain, alors qu'il se rendait à la grotte comme à son habitude, les gardes de la porte du nord l'empêchèrent de sortir sur ordre du chef de la police et lui signifièrent son maintien dans les murs jusqu'à ce que la prière du vendredi eût été accomplie.

36

Le jeudi matin, Abou Moussa frappa à la porte de Chama. Elle ouvrit et le vit, magnifique, vêtu d'une robe blanche de toile fine, d'un burnous blanc, d'un turban vert et tenant un bâton à la main. Comme il se redressait devant elle, elle contempla ses yeux doux et son visage lumineux que nul n'avait jamais vus à cause de son habitude de marcher tête baissée. Il lui dit : « Viens avec moi, petite dame, demander à Dieu la pluie et dis à nos voisines de nous accompagner. »

Cet homme dont personne n'avait jamais entendu un son de voix, Chama l'écoutait sans avoir l'air surprise. Cela faisait si longtemps qu'il habitait son cœur et qu'elle l'entendait de l'intérieur ! Comme elle était heureuse de voir encore une fois qu'il veillait sur elle et présidait par sa force à sa destinée, de voir comment il lui ordonnait – ou plutôt la priait – de l'accompagner dans sa sortie imposée par le gouverneur. L'idée l'en rendait malade. Mais elle l'accompagnerait. Et si la pluie ne venait pas, elle le suivrait en prison, certaine qu'il ne s'était pas proposé de lui-même, qu'on l'y avait obligé et que celui qui dirigerait la prière ne serait pas Abou Moussa mais le destin en personne. Oui mais…, le rendez-vous était fixé au vendredi et on était le jeudi ! Qui plus est, il sortirait avec elle et ses voisines, de sorte que les gens le verraient marcher dans la rue et implorer le ciel suivi de femmes qu'on croyait depuis longtemps possédées du démon. Peut-être voulait-il les narguer lui aussi comme l'avait fait le ciel tant de fois et finir ses jours dans un cachot !

Elle méditait ces pensées tout en renouvelant ses ablutions, en revêtant sa robe et son voile. Quand elle sortit le rejoindre, il avait rameuté toutes les locataires en frappant à leur porte avec son bâton et elles étaient dehors, les unes en larmes, les autres médusées, aucune d'elles n'ayant jamais imaginé que cet homme chaste et pur, même s'il les avait aidées aux jours de disette, eût pu passer un seul jour et une seule nuit sans les maudire pour leur conduite. Elles restaient là, debout, incapables de se parler, telles des oisillons tombés du nid, ignorantes de ce qui allait advenir.

Chama parut. Il la plaça à sa droite et avança en tête du cortège en direction d'une autre halle occupée par des femmes de leur condition. Il les fit sortir à leur tour, elles se joignirent au groupe et, en voyant passer cette étrange procession, les gens la suivirent en la regardant à distance et en se parlant à voix basse. Puis la nouvelle parvint au gouverneur qui délégua ses agents pour voir ce qui se passait.

Abou Moussa franchit la porte orientale en compagnie de ses voisines mais les gardes ne purent l'arrêter cette fois-ci, alors qu'une nuée remuante d'hommes et de femmes se pressait derrière lui. Arrivé sur l'aire de prière, il ôta son turban pour dévoiler un crâne broussailleux, puis, semblant tourner autour d'un axe situé au milieu, il commença ses invocations tandis que les femmes reprenaient en tournant elles aussi :

Gloire à Dieu Tout-Puissant
Ô Seigneur, pardonne leur faiblesse
Gloire à Dieu Tout-Puissant

Ô Seigneur, un regard leur adresse
Gloire à Dieu Tout-Puissant
Ô Seigneur, pardonne leur faiblesse

Sa voix s'élevait, portée par celles des femmes. Pas une parmi elles qui ne fût secouée par de brûlants sanglots, qui ne laissât ruisseler de ses yeux des larmes qu'on eût crues asséchées pour toujours! Toutes cédèrent bientôt à un violent transport. Emportées dans la ronde tourbillonnante imprimée par Abou Moussa, on eût dit qu'elles ne touchaient plus terre; leurs sandales volaient les unes après les autres et elles dansaient les pieds nus, laissant glisser leur voile, signe de leur inconscience. Comme purifiées par la transe, les yeux et les paumes tournés vers l'azur, elles semblaient voir autour d'elles des anges descendus du ciel pour le rapprocher de la terre. Gagnés par leur état, les milliers d'hommes et de femmes massés sur le rebord de l'aire de prière leur prêtèrent leurs voix dans un concert de louanges et d'*Allahu Akbar*. Voici qu'ils s'étreignaient comme subitement délivrés des chaînes de l'enfer sans savoir ni pourquoi ni comment.

Quand le bruit se répandit qu'Abou Moussa s'était rendu sur l'espace sacré en compagnie de ses voisines non pas pour y accomplir la prière habituelle mais pour y élever des invocations à la pluie, tous vinrent l'y rejoindre, ceux qui y croyaient et ceux qui n'y croyaient pas, ceux qui y voyaient la danse d'un fou ou pressentaient dans sa sortie avec ses fameuses voisines une nouvelle avanie du sort. Tandis que les uns prédisaient que la mule allait encore mettre bas [26], d'autres pensaient en eux-mêmes qu'il n'y avait plus que cet homme pour invoquer la pluie après que tous les dévots eurent fait la preuve de leur impuissance et qu'il ne restait

26. L'animal étant réputé stérile!

plus que ces femmes pour prier derrière lui après qu'ils eurent eux-mêmes enfoui leur front dans la poussière en désespérant d'être jamais exaucés.

Les commerçants fermèrent leurs boutiques; les hommes sortirent et les dames elles aussi. À midi, Abou Moussa tournait toujours avec ses voisines et l'extase grandissait. Il élevait de sa belle voix la même prière, encerclé par une foule qui l'observait de loin. Puis, sous le regard des spectateurs, des cercles confrériques le rejoignirent sur l'aire, dont les chantres entonnèrent leurs hymnes, excitant les âmes, et tous s'unirent dans un seul *dhikr* qui fit trembler l'espace alentour, tandis qu'ils martelaient pleins de ferveur, soumis, détachés d'eux-mêmes : « Il est LUI ! Il est LUI ! Il est LUI ! » Certains tombaient à terre et s'y vautraient comme on marque de sa joue la poussière pour implorer le pardon d'un roi. Des spectateurs qui voulaient leur donner à boire, les chefs des confréries arrêtaient le bras en disant : « Ne leur donnez pas d'eau car ils boivent en ce moment le nectar du paradis ! » ou bien encore : « Laissez-les à leur soif pour que le ciel ait pitié de la nôtre ! »

À l'appel de la prière de l'après-midi, Abou Moussa leva sa main droite, l'index pointé haut, et cria de toutes ses forces de sorte que tout le monde l'entendit : « Muhammad est l'envoyé de Dieu ! » Ces paroles tombèrent comme un sceau mystérieux auquel les âmes se soumirent. En l'entendant, tous s'arrêtèrent sur le champ, puis sortirent de la transe et tout retomba. Alors le cercle se brisa et l'on se précipita pour étreindre Abou Moussa, pour le toucher, le baiser, lui arracher un morceau de ses vêtements, une touffe de ses cheveux, tandis qu'il se prêtait placidement à la chose et que les femmes se ruaient sur ses voisines comme sur des anges, voulant avoir chacune la sienne pour en faire sa co-épouse.

On retourna aux mosquées dans le transport et l'excitation puis l'on rentra chez soi, ne sachant s'il fallait parler ou se taire dans l'attente.

Quand la nuée se fut dispersée, Jarmûn rassembla ses principaux adjoints et conseillers, au premier rang desquels le chef de la police. Ils lui racontèrent en détail ce qui s'était passé, le renseignèrent sur chacune des participantes, sur chaque maison de la ville qui l'avait recueillie comme une bénédiction et lui relatèrent comment ses agents, sur instruction du chef de la police, avaient évité toute provocation envers la foule déchaînée pour ne pas fournir de prétexte à une bande qui projetait depuis des mois d'attaquer sa maison et de la piller comme cela était arrivé dans plusieurs villes et villages depuis l'aggravation de la disette.

Le gouverneur écouta ses conseillers doués de sens politique et fins connaisseurs de la loi et leur demanda de statuer sur l'initiative prise par Abou Moussa de sortir avec des femmes pour demander la pluie en entraînant derrière lui la moitié de la cité.

Le chef de la police prit le premier la parole pour décrire le spectacle et louer l'ordre du gouverneur de rester neutre afin d'empêcher la ruée de virer à l'émeute.

Quant au jurisconsulte, il protesta en disant :

— Par Dieu, j'en jure, c'est une infamie ! Depuis quand a-t-on vu les femmes sortir pour demander la pluie ? C'est une hérésie, une honte pour notre ville !

— Ne te hâte pas de juger, cheikh, l'interrompit le chef de la police d'un ton goguenard, qui sait si, grâce à leurs prières, le ciel ne va pas nous exaucer !

Alors qu'il pensait en vilipendant l'action d'Abou Moussa rassurer le gouverneur, le cheikh se redressa en disant :

— Non, cent fois non ! Ce qu'il faut considérer ici, c'est l'acte en tant que tel. Car quand bien même ces femmes seraient-elles vertueuses, quand bien même leurs prières feraient-elles venir la pluie, leur sortie en public ne serait pas seulement contraire au bien, elle serait des plus condamnables et la pluie que pourrait éventuellement nous valoir leurs prières ne ferait pas pousser du blé ni des fleurs mais serait tout juste bonne à accroître le venin des serpents !

L'un des conseillers intervint à son tour pour énumérer les infractions d'Abou Moussa passibles de poursuites, que la pluie tombât ou non : sortie le jeudi au lieu du vendredi, avec des femmes et non avec des hommes ; entraînement d'une foule nombreuse et disparate au risque de créer l'émeute ; transgression du rituel de la prière.

À la fin de la séance, Jarmûn donna ordre de chercher Abou Moussa, de surveiller son domicile et de lui interdire de quitter la ville jusqu'à ce qu'il ait statué sur son cas.

La police eut beau le chercher, elle n'en trouva pas trace. Quant aux femmes des deux halles, aucune n'était rentrée chez elle et, hormis les mouches du gouverneur, personne ne savait où elles étaient allées. Quant à Chama, elle était retournée dans la maison du syndic, bien décidée à ne plus la quitter.

Cette nuit-là, au fond des cieux obscurs, les habitants de Salé sentirent la lumière des étoiles se voiler et souffler de la mer une brise à laquelle ils n'étaient plus habitués. La pluie commença à tomber, d'abord goutte à goutte, puis à seaux, puis à verse. N'en croyant pas d'abord leurs yeux ni leurs oreilles, les gens finirent par se convaincre que c'était bien elle et sortirent lui offrir leurs têtes nues, se mouiller sous ses trombes, allant frapper aux portes les uns des autres pour se congratuler, s'embrasser, pleurer et méditer cette manifestation de la Providence en répétant ces mots : « Dieu soit loué ! Le secret de Dieu demeure parmi nous ! Gloire à Dieu qui a manifesté son secret ! »

La pluie tomba le lendemain sans discontinuer. À l'heure de la prière du vendredi, les fidèles se rendirent auprès du cheikh des oulémas que le gouverneur avait réduit au silence et le conduisirent en imam à la mosquée. Il dit :

— Ce qui nous a privés de la pluie, c'est la dureté de nos cœurs ! Car la pluie est une grâce de Dieu. La grâce descend sur les cœurs. Plus ils sont pleins de prétention et d'égoïsme, plus ils se ferment et se durcissent et la grâce ne peut les pénétrer. Ils doivent se mortifier et se purger de l'ivresse de la possession pour mériter que s'applique à eux cette parole de Dieu : « Je suis avec les cœurs brisés », ce qui est le cas des femmes que vous avez vu hier exaucer !

Quand on lui eut rapporté ces paroles, le gouverneur voulut faire arrêter le cheikh du fait qu'il se contredisait lui-même pour avoir attribué la sécheresse aux turpitudes de ces femmes. Mais son conseil l'en dissuada, sous peine de déclencher l'émeute et de mettre sa personne et ses biens en danger.

Jarmûn fit rechercher partout Abou Moussa par ses sbires. Craignant pour la vie du saint homme, les gens de Salé le cherchèrent eux aussi de leur côté. Ce furent des hommes du Chérif qui le trouvèrent dans un jardin où Chama leur avait indiqué qu'il faisait parfois sa sieste sur le chemin de la grotte. Ils le virent là, sous un grenadier, et le crurent endormi. Cependant, il avait rendu l'âme.

37

On conduisit Abou Moussa à la grande mosquée pour le salut funèbre. Le conseil des notables décida d'attendre la prière de l'après-midi pour laisser à la nouvelle le temps de se répandre et à ceux qui le désiraient la possibilité d'assister à la cérémonie. L'intérieur, la cour et les rues voisines de l'édifice se peuplèrent d'une foule priante. Des dizaines de répétiteurs [27] quadrillaient l'assemblée pour que les plus éloignés puissent entendre. Ce fut une prière de soumission et de recueillement où seuls se laissaient saisir les larmes coulant des paupières et les sanglots que des hommes endurcis et des femmes délicates ne parvenaient pas à contenir. Un quidam s'exclama : « Gloire à Lui ! Gloire à Lui ! Avec le retour de la pluie, nos yeux réapprennent à pleurer ! »

La prière achevée, les gens recommencèrent à se rendre visite, à se comprendre, à se pardonner et à s'émerveiller des prodiges auxquels ils venaient d'assister.

Le conseil décida que le corps d'Abou Moussa serait exposé dans son cercueil, entouré de chandelles, à l'intérieur de la *maqsûra* * de la mosquée et que dix muezzins se relaieraient pour le veiller jusqu'au matin.

Au moment de le porter en terre, les deux clans principaux de la ville s'opposèrent, chacun voulant l'inhumer dans son cimetière sous prétexte qu'il était né ou avait vécu sur son ter-

---

27. Personnage qui se tient derrière l'imam et répète ses paroles pour les plus éloignés des fidèles.

ritoire et on le laissa dans sa bière jusqu'au lendemain matin le temps d'en décider.

Finalement, le cheikh des oulémas et le syndic des Chérifs convinrent d'en appeler à l'arbitrage de celle que le mort avait conviée à sa droite pendant sa ronde propitiatoire. Les gens acquiescèrent et Chama déclara : « Ne l'enterrez ni chez les uns ni chez les autres. Enterrez-le dans un lieu face à la mer ! »

LEXIQUE

Aydhab: port égyptien de la Mer Rouge situé en face du Hidjaz.

'aqîqa: sacrifice d'un ovin ou d'un caprin au septième jour de la naissance d'un enfant et repas qui l'accompagne.

bendîr: grand tambour sur cadre circulaire au son vibrant, muni d'une peau de chèvre et d'un timbre.

dhikr: exercice de piété consistant en la mention (*dhikr*) du nom d'Allah et de sa répétition compulsive pouvant mener à l'état extatique.

duff: grand tambour sur cadre circulaire, sans timbre, tendu d'une peau de chèvre.

fatwa: réponse faite par un mufti à une question de droit religieux.

fqih: homme de loi, jurisconsulte musulman et souvent, dans un sens plus large, clerc, savant, lettré.

Fâzâz: montagne du Moyen-Atlas.

Fostât: faubourg du Caire bâti sur les anciennes fondations de la ville.

habous: désigne les biens de mainmorte à dévolution pieuse et, par suite, les fondations pieuses financées par ces biens.

harqous: teinture noire utilisée pour joindre les sourcils.

Hidjâz: province du nord de l'Arabie ayant pour capitale la Mecque.

Ifriqiyya: ancienne province de l'Afrique du nord correspondant à la Tunisie et à l'est algérien actuels.

kunya: surnom honorifique par lequel on désigne la qualité de père ou de mère de l'interlocuteur. Ici « Père de Moussa ».

makhzen: territoire contrôlé par le sultan et son administration. Au sens large, l'État.

maqsûra: espace de prière réservé au souverain, situé à-côté de la niche indiquant la direction de la Mecque et délimité par une barrière ou une coupole montée sur piliers.

Mazamma : ancien port du Maroc, proche de l'actuelle Melilla.

melhûn : poésie chantée en arabe marocain, inspirée du répertoire classique.

moussem : litt. « saison » : pèlerinage saisonnier autour d'une source, du tombeau d'un saint, foire autour d'un sanctuaire.

muwashashah : forme poétique née en Andalousie rompant avec les règles de la poésie arabe classique, composée en arabe littéral ou dialectal.

Outre-mer : désigne pour les Maghrébins du Moyen-Age les territoires situés au-delà de la mer Méditerranée, autrement dit l'Andalousie.

rak'a : séquence ritualisée des postures pendant la prière musulmane.

siwâk : bois dont on fait des cure-dents.

slawi : litt. (habitant) de Salé.

Soudan : désigne ici l'Afrique occidentale des géographes médiévaux, notamment le Ghana et le Mali.

tâleb : désigne communément un lettré.

zajal : poésie chantée en arabe dialectal marocain.

Ouvrage réalisé par les 3TStudio
achevé d'imprimer en novembre 2007 par l'imprimerie IMB
pour le compte des Éditions Michel de Maule à Paris

Dépot légal : novembre 2007
Nᵒ d'imprimeur : 24612
(Imprimé en France)

9782876232150.3

_Ahmed Toufiq

Les Voisines d'Abou Moussa

traduit de l'arabe (Maroc) par Philippe Vigreux

Au début du XIVe siècle, Abou Salim al-Jurâ'î, Ministre du Sultan, est reçu par le juge Ibn al-Hafid et le nouveau gouverneur Jarmûn. Au cours du dîner de réception, un incident met aux prises Chama, une jeune servante, et Abou Salim al-Jurâ'î. Toutefois celui-ci, sensible à l'exceptionnelle beauté de la jeune femme, la demande aussitôt en mariage à son maître… Mais al-Jurâ'î périt en mer au cours d'une campagne militaire. De retour à Salé, Chama épouse donc Ali, un Andalou fraîchement converti à l'islam, contre lequel s'acharne Jarmûn, qui la convoite. Elle ne trouvera protection qu'auprès du syndic des Chorfas de Salé et d'un ermite nommé Abou Moussa, doué de pouvoirs surnaturels. L'entraînant dans son sillage pour une mystique prière à la pluie, ce dernier sauve des femmes de la perdition par le mystère de sa sainteté. Ce livre, qui comme souvent chez l'auteur, entrecroise divers destins de femmes aux prises avec un monde d'hommes, milite pour un islam progressiste qui exalte l'image de la féminité et célèbre la victoire de la foi sur les perversions du pouvoir.

Ahmed Toufiq, ministre des Habous et des Affaires islamiques du roi du Maroc, a suivi ses études à Marrakech puis à la Faculté des Lettres et des Sciences Humaines de Rabat. Il est l'auteur de nombreux ouvrages sur l'histoire du Maroc. Citons notamment La Société marocaine au XIXe siècle [Inoultane 1850-1912] *(1984),* Islam et développement, Les Juifs de Demnat *et* Le Maroc et l'Afrique occidentale à travers les âges. *Il a également collaboré à la rédaction de l'*Encyclopédie du Maroc *et s'est distingué comme romancier, avec trois ouvrages :* Jarat Abi Mussa *(1997),* Assayl *(Le Torrent, 1998) et* L'Arbre et la Lune *(trad. par P. Vigreux, Phébus, 2002). Nous proposons ici la traduction en français de son premier roman.*

ISBN : 978- 2-87623-215-0

23 €